KB265777

무정철협

월인 新무협 판타지 소설

FANTASTIC ORIENTAL HEROES

무정철협 4

월인 新무협 판타지 소설

초판 1쇄 찍은 날 § 2013년 3월 4일
초판 1쇄 펴낸 날 § 2013년 3월 11일

지은이 § 월인
펴낸이 § 서경석

편집부장 § 권태완
편집책임 § 박우진

펴낸곳 § 도서출판 청어람
등록번호 § 제1081-1-89호
등록일자 § 1999. 5. 31
어람번호 § 제2-2314호

주소 § 경기도 부천시 원미구 심곡2동 163-2 서경B/D 3F (우) 420-822
전화 § 032-656-4452 팩스 § 032-656-4453
http://www.chungeoram.com
E-mail § chungeorambook@daum.net

ISBN 978-89-251-3201-3 04810
ISBN 978-89-251-3131-3 (세트)

무정철협

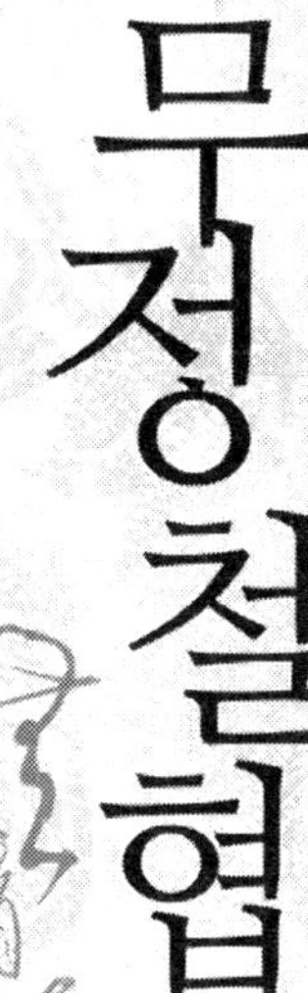

월인 新무협 판타지 소설

FANTASTIC ORIENTAL HEROES

4

혈연(血緣)의 끈

도서출판 청어람

目次

신패(信牌)
第三十六章

접객실에서 이한성과 마주 선 연화 대부인은 한동안 말문을 열지 못하고 부들부들 떨기만 했다. 이한성의 얼굴에 고정된 그녀의 눈은 격랑에 휘말린 낙엽처럼 흔들렸다.

이윽고 그녀의 입술이 열렸다.

"내 새끼… 천금 같은 내 새끼, 만금 같은 내 새끼야……."

연화 대부인은 이한성을 향해 달려들 듯 노구를 움직이다 휘청 뒤로 넘어갔다.

"할머님!"

"증조할머님!"

손자 유세천과 증손자 유병학 등이 쓰러지는 연화 대부인을 얼른 부축했다. 그러나 아침부터 격심한 정신적 충격을 연이어 받은 연화 대부인은 '내 새끼' 라는 단어만 한 번 더 토해낸 후 결국 정신을 잃고 말았다.

유세천이 즉시 연화 대부인의 가슴 혈 몇 군데를 짚었다. 그리고 청년들에게 지시를 내려 연화 대부인을 안으로 모시게 했다.

혼란스런 마음에 이한성은 말없이 상황을 지켜보기만 했다.

진성무관을 떠나 개방 총단이 있는 개봉으로 향하던 길에 정주부에서 하루를 묵을 객점을 찾았다.

그곳에서 저녁을 시켜놓고 차를 한 잔 마시던 중 객점 창밖으로 유검가의 현판을 발견했다.

처음에는 그곳이 어머니의 유언에 나오는 정주 유씨세가라는 것을 알지 못했다. 그러다 어느 순간 섬전처럼 뇌리를 스쳐 가는 한가닥 느낌에 점소이를 불러 유검가에 대해 물어보았다.

점소이를 통해 객점 창밖으로 보이는 유검가가 어머니께서 말씀하신 정주 유씨세가임을 알았다.

어머니의 유언을 좇아 유씨세가에 들르는 일은 개방에 다녀온 후에 행할 생각이었던 이한성은 갈등 끝에 유검가로 향해 어머니가 주신 철패를 내밀었다.

어머니의 말씀은 그 철패를 내밀면 크게 환영받지는 못해도 밥은 굶지 않을 것이라 했다.

밥을 얻으러 이곳을 찾은 것은 아니었다.

하나밖에 없는 아들이었지만 어머니에 대해서 아는 게 아무것도 없었다.

고향이 어디고, 신분이 무엇이었는지…….

어떤 일을 하고 살다가 누구와 결혼해서 자신을 낳았는지…….

아무것도 몰랐다.

심지어는 어머니의 이름조차 알지 못했다.

살던 동네에서는 버들네라고 불렀지만 그건 호칭이었지 이름이 아니었다.

어떻게 그럴 수가 있는지 기가 막히는 심정이었다.

좀 더 크면 모든 것을 말해주려고 하다가 갑자기 생을 하직하는 바람에 그렇게 됐겠지만 그보다는 무언가 말 못할 사정이 있어 그런 것 같다는 생각이 더 강했다.

그 사정이 무엇인지, 그리고 어머니가 어떤 사람이었는지 알고 싶었다.

현재 유일하게 어머니와 끈이 닿는 곳은 이곳 정주유검가뿐이었다.

아니, 엄밀히 말하면 어머니에게서 받은 유일한 유품인 철패가 이곳과 끈이 닿아 있었다.

잠시 이곳에 들러 어머니에 대해 물어보고 싶었다.

그런 심정으로 유검가를 찾아 철패를 내밀었는데 이곳의 반응은 어머니의 말씀과는 너무 달랐다.

밥을 안 굶을 정도가 아니라, 자신을 귀신 보듯 쳐다보았다. 또한 노부인은 자신을 향해 내 새끼라는 말을 내뱉은 후 정신마저 잃고 말았다.

이한성은 여전히 혼란한 심정에 휩싸인 채 온통 자신에게 집중된 시선들을 마주했다.

"우선 앉게. 아니, 안으로 들어가세. 내 너무 경황이 없어 실례를 했네. 안으로 들어가서 자세한 얘기를 들어보세."

연화 대부인을 안으로 옮기고 상황이 정리되자 가주 유세천이 이한성을 향해 사과를 하며 안으로 들기를 권했다. 그러면서도 그의 눈은 한시도 이한성의 얼굴에서 떨어지지 않았다.

"그래. 어서 안으로 들게. 이렇게 밖에서 얘기할 일이 아닐세."

태상가주 유현승도 벌겋게 상기된 얼굴로 이한성을 쳐다보며 목소리를 높였다.

"어서 안내해라!"

가주 유세천이 지시를 내리자 그들과 마찬가지로 이한성의 얼굴에 시선을 고정하고 있던 청년들이 앞장을 섰다.

이한성은 가볍게 고개를 숙인 후 정주유검가 사람들을 따라 안으로 들어갔다.

“이 신패를 어떻게 자네가 소지하고 있었는가?”

내당으로 이한성을 데리고 온 가주 유세천이 여전히 흥분이 가시지 않은 표정과 함께 물었다.

다른 사람들 역시 침을 삼키며 이한성의 입술만 쳐다보고 있었다.

지금 이한성이 유세천과 마주 앉아 있는 곳은 가주 유세천의 집무실이었다.

서른 평쯤 되어 보이는 실내에는 양탄자가 깔려 있고 가운데에 정방형 탁자가 놓여 있었다.

그곳에서 유검가와 가신 가문의 수뇌부들이 모여 회의를 열기도 하고 가족들만의 중대사를 논의하기도 하였다.

지금은 가주 유세천과 세 명의 형제, 태상가주 유현승과 그의 부인, 그리고 청년 네 명이 자리를 같이하고 있었다.

소식을 들은 다른 사람들도 모두 궁금증을 이기지 못하고 같이 참석하기를 바랐지만 유세천이 엄한 눈빛과 함께 물리쳤기에 그들만 모여 있는 것이다.

“그 철패는 임종 직전 어머님께서 제게 주셨습니다.”

이한성은 짤막하게 답했다.

“어머님께서 주셨단 말인가?”

태상가주 유현승의 목소리가 떨려 나왔다.

“그렇습니다. 제가 열네 살 때인 임종 며칠 전에 그걸 제게 주시며 정주 유씨세가로 찾아가 보라고 하셨습니다. 유씨세가로 가면 크게 환영은 못 받아도 밥은 굶지 않을 것이라는 말씀도 함께……."

어머니의 유언을 떠올리는 이한성의 가슴에 진한 아픔이 지나갔다.

그동안 어머니를 떠올릴 시간도 없이 살았다는 생각이 들었다.

죽음보다 더 지독한 수련 속에서 자신이 누구인지도 망각하며 살았다.

그래도 이곳에 와서야 어머니를 다시 떠올린다는 것이 너무 죄스러웠다.

"그외 다른 말씀은 없으셨나? 누구에게 그 신패를 받았고, 또 어떻게 그 신패를 받았는지 하는 것들 말일세."

가주 유세천의 첫 번째 동생인 유세용도 흥분된 눈빛과 함께 물었다.

"그 말씀을 끝으로 어머님께서는 심한 기침과 함께 쓰러지셨고 며칠 후에 갑작스럽게 돌아가시는 바람에 다른 것들은 듣지 못했습니다. 그것이 궁금해서 저도 여기까지……."

이한성의 대답에 모든 사람의 얼굴에 안타까운 기운이 스쳐 지나갔다.

"그보다… 자네 이름이 어떻게 되나?"

가주 유세천이 이한성의 답을 자르며 물었다.

신패 못지않게 그것이 궁금했다.

다른 사람들도 잊고 있었다는 듯 눈을 반짝이며 이한성의 입술에 모든 시선을 고정시켰다.

"이한성이라 합니다."

이한성이 짤막하게 답했다.

"이… 한성이라고?"

유세천이 무언가 잘못 들은 것이 아닌가 하는 표정으로 다시 물었다.

"그렇습니다."

이한성의 대답을 들은 모든 사람의 표정에 당혹감이 가득했다. 그리고 그 당혹감은 탄식으로, 뒤이어 짙은 실망감으로 변해갔다.

가주 유세천 역시 혼란스런 마음을 금하지 못하며 이한성을 쳐다보기만 했다.

막냇동생 유세연의 신패를 가지고 왔다는 소리에, 그리고 그것을 가져온 이한성을 본 할머님이 '내 새끼야!' 라는 고함과 함께 혼절했을 때는 이한성이 막냇동생 유세연의 혈육이라고 생각했다.

그런데 성씨부터가 유씨가 아닌 이씨였다.

생김새 또한 동생 유세연을 꼭 빼닮지 않았다. 어찌 보면 닮은 것도 같았고, 또 어찌 보면 아닌 것도 같았다. 더구나 동생의 신패가 어떻게 해서 그의 모친에게 전해졌는지도 알지 못하니 안타까운 마음을 금할 수가 없었다.

"정말 그것밖에 아는 것이 없는가? 평소 신패에 대해서 모친께서 다른 말씀은 없었나?"

유세천의 두 번째 동생인 유세진도 이럴 수가 있느냐는 표정으로 질문을 던졌다.

"그날 처음 보았습니다. 그리고 그것에 관한 말씀 역시 그날이 처음이자 마지막이었습니다."

이한성의 대답에 이곳저곳에서 가느다란 탄식 소리가 절로 흘러나왔다.

가문의 최고기재인 유세연!

그리고 그의 신패를 지닌 청년!

분명 무언가 심상찮은 사연이, 아니, 결코 예사롭지 않은 인연이나 혈연의 끈이 이어져 있는 것 같은데 아무것도 확증할 수가 없었다.

그걸 확증해 줄 만한 사람들은 모두 고인이 되었고 아무런 설명도 남기지 못했다.

이렇게 허무하고 답답할 수가 있단 말인가?

그리고 이렇게 안타까울 수가 있단 말인가?

모두 아무 말도 못하고 이한성을 쳐다보고만 있었다.

"그 철패가 이곳과 어떤 상관이 있는지요?"

잠시 유검가의 사람들과 시선을 마주하던 이한성은 이곳에 온 이유이자 자신의 오랜 궁금증을 유세천에게 질문했다.

"그 철패는……."

유세천이 말라붙은 입술을 움직였다.

"내 막냇동생 유세연의 신패일세. 그리고 그는 이십 년 전, 강호유람을 떠난 지 일 년 만에 심장이 관통되는 검상을 입고 시신이 되어 돌아왔네."

유세천의 음성이 바위덩이처럼 무겁게 바닥으로 내려앉았다. 또한 그의 표정은 마치 자신이 심장에 구멍이 나는 검상을 입은 것처럼 괴로워 보였다.

그의 부친 유현승은 참을 수 없는 심정인 듯 눈을 질끈 감고 유세천의 말을 듣고 있었다. 다른 사람들 역시 대동소이한 표정과 함께 시선을 바닥으로 내린 채 미동도 하지 않았다.

그들의 그런 반응에서 이한성은 신패의 주인이 이 가문에 어떤 존재였는지 조금은 짐작이 되었다.

"그럼 제 어머님께서 어떻게 그 신패를 보관하고 계셨는지 이곳에서도 모르시겠군요."

잠시 후 이한성은 담담한 음성으로 도리어 질문했다.

유세천은 대답할 기력조차 없는지 무겁게 고개만 끄덕였다.

이한성은 잠시 그를 쳐다보다가 천천히 자리에서 몸을 일으켰다.

"제 어머님에 대해 유일하게 알 수 있는 곳이 이곳이라 생각해서 왔는데… 아무 소득이 없군요. 늦은 시간 실례가 많았습니다. 그럼!"

이한성은 이곳에 있는 사람 중 가장 연장자인 유현승을 향해 고개를 숙였다. 그리고는 문을 향해 걸어갔다.

자리에서 일어나 한순간의 망설임도 없이 문을 향해 걸어가는 이한성을 모두 망연히 쳐다보고만 있었다.

흥분된 마음에 몇 마디 질문만 오고갔지 차 한 잔도 대접하지 못했다.

지나가던 길손이라도 이럴 수는 없는 법이고 한줄기 바람이라도 이렇게 무정할 것 같진 않았다.

"이, 이보게!"

비로소 정신을 차린 태상가주 유현승이 벼락처럼 고함을 지르며 달려나와 이한성의 앞을 막았다.

"이, 이럴 수는 없는 법일세. 어떻게 그렇게 무정할 수가 있나?"

유현승은 황망한 표정을 감추지 못한 채 이한성의 어깨를 잡았다.

"어떻게 이렇게 떠나려고 할 수가 있는가? 아니, 우리가 어떻게 이렇게 자네를 보낼 수가 있단 말인가?"

어느새 유현승의 눈에 물기가 어렸다.

막내아들 유세연의 신패를 가지고 온 청년이었다.

설사 아무런 상관이 없다고 해도 막내아들을 다시 본 심정이었고 이렇게 보낼 수는 없는 것이다.

"솔직히… 이곳이 제 외가가 아닌가 싶었습니다. 하지만…
아닌 것 같습니다."

이한성은 솔직한 심정을 밝혔다.

그 역시 성씨가 다른 이 가문과 인연이 있다면 외가일 것이
라 생각했다. 그런데 이곳에서는 어머니의 존재조차 모르고
있었다.

그러니 외가는 아니었다.

신패의 주인은 유세연이라는 사람이니 억지로 혈연을 끌
어다 붙이려면 자신은 이십 년 전에 시신이 되어 돌아왔다는
그 사람의 아들일 수도 있었다.

하지만 그렇게 생각하기엔 아무런 근거가 없다.

성도 다르고 자신의 존재를 아는 사람조차 없었다.

"물론 외가는 아니네. 내 딸들은 모두 인근에서 살고 있
네."

유현승이 고개를 끄떡여 이한성의 짐작을 확인해 주었다.

"하지만 내 어머님께서는 분명히 자네를 보고 '내 새끼'라
고 하셨네. 그분은 할머니지만 핏덩이 때부터 내 막내아들을
업어서 키운, 어머니 같았던 분이시니 그분은 분명 뭔가 알고
계실 것이네. 그러니 그분이 깨어날 때까지 기다렸다가 다시
얘기를 나눠봄세. 이대로는 절대로 보낼 수 없네."

유현승이 완고한 음성으로 말했다.

"자네 역시 아무 소득 없이 떠나는 것보다야 알아야 할 것

이 있으면 조금이라도 더 알고 가는 것이 낫지 않겠나.”

가주 유세천도 앞으로 나서서 이한성을 막았다.

이한성은 잠시 두 사람을 쳐다보다가 고개를 끄덕였다.

노부인이 부들부들 떨며 자신을 ‘내 새끼’라 부른 것은 확실히 이해가 되지 않았다. 그리고 그것은 어떤 단서가 될 수도 있었다.

서둘러 개방으로 가야 한다는 마음은 급했지만 이곳에 들른 이상 그것은 짚고 넘어가야 할 것 같았다. 또한 오늘 저녁은 이곳 정주에서 묵어야 할 상황이기도 했다.

“알겠습니다. 노마님께서 왜 저를 그렇게 불렀는지 그건 무척 궁금합니다. 그분이 깨어나시면 얘기를 나눠보고 싶습니다.”

이한성의 대답을 들은 정주유검가 사람들은 비로소 낮은 한숨을 내쉬었다.

바람처럼 스쳐 지나가려는 그 모습에서 이렇게 떠나면 언제 다시 볼 수 있을지 기대할 수 없었다.

그런 바람을 머물러 있게 만들었다는 데 우선 안도감이 들었다.

그다음으로는 이한성과의 인연이, 아니, 가문 최고의 기재였던 유세연의 흔적이 아직 끊어지지 않았다는 가능성이 모든 사람의 마음에 다시 큰 기대감은 불러일으켰다.

누구보다 사려 깊고 심계가 뛰어난 연화 대부인이었다.

자칫 참사가 일어날 뻔한 오늘의 잔치 자리가 그녀로 인해 진정되고 증손자 유병학은 일 성의 성취를 더 이루는 전화위복의 결과를 낳았다.

그런 그녀가 이한성을 보고 '내 새끼'라고 했으면 분명히 범상치 않은 이유가 있을 것이다.

그들의 바람대로 이한성이 유세연의 핏줄이라면?

이한성이 유세연의 자질을 그대로 물려받은 아들이라면?

그건 정말 하늘의 축복이겠지만 아직은 아무것도 확신할 수 없었다.

'세연아, 이놈아…….'

태상가주 유현승의 젖은 눈이 창밖의 먼 하늘로 향했다.

열 손가락 깨물어 안 아픈 손가락이 없다지만 유독 더 정이 가던 막내아들이었다.

젖도 떼기 전에 어미를 잃고 할머니 손에서 자랐기에 더욱 그랬다.

그의 분신이 있어 이렇게 찾아온 것이라면?

'부디…….'

유현승은 하늘을 향해 간절히 기원했다.

*　　　　*　　　　*

"그 공자님… 세연 숙부님을 전혀 닮지 않았나요?"

정지연(鄭池蓮)이 눈을 반짝이며 부친 정사일을 쳐다보았
다.

정사일은 대답 없이 앞쪽만 응시했다.

정주유검가의 가신 가문 중 가장 세력이 강해 얼마 후엔 독
립하여 일문을 이룰 시기였기에 그는 요즘 생각이 많았다. 그
런 와중에 유세연에 대한 생각마저 머리를 가득 채우는 바람
에 딸의 질문을 듣지 못한 것이다.

만약 유세연이 살아 있었다면 정주유검가는 지금보다 몇
배는 더 성장했을 것이다. 동시에 자신의 가문도 함께 성장하
여 벌써 독립을 하고 지금쯤이면 정주에서 무시 못할 세력을
떨치고 있을 것이다.

그 때문에 유세연의 죽음은 유검가 혈족들뿐만 아니라 정
사일이나 다른 두 가신 가문에게도 애석한 일이 아닐 수 없었
다.

"아버지!"

자신의 질문에 대답이 없자 정지연이 목소리를 높이며 부
친을 불렀다.

"으응? 무어라고 했느냐?"

정사일은 비로소 상념에서 깨어나며 외동딸 정지연을 쳐
다보았다.

"아버지는… 딸의 말도 못 듣고 무슨 생각을 그리 골똘하
게 하세요?"

정지연은 눈을 흘기며 금세 뾰로통한 표정을 지었다.

삼남일녀의 막내이자 외동딸인 그녀는 어려서부터 귀염을 독차지하며 자라 열여덟 살인 지금까지도 부친과는 거리감없이 가까웠고 응석도 곧잘 부렸다.

"아이쿠! 내가 딴 데 정신이 팔려 우리 막내 말을 놓쳤구나. 그래, 무어라 하였느냐?"

정사일은 얼른 황망한 표정을 하며 딸바보의 모습으로 돌아왔다.

"풋!"

부친의 급변한 모습에 정지연은 실소를 지었다.

"아까 세연 숙부님의 신패를 들고 온 그 공자님, 세연 숙부님을 전혀 닮지 않았나요?"

정지연은 질문을 반복했다.

유세연은 그녀가 태어나기도 전에 죽었으므로 얼굴조차 알지 못하지만 아버지나 다른 사람들로부터 그에 대한 얘기를 하도 많이 들어 숙부로 부르고 있었다.

"그게 무척이나 애매하더구나. 어찌 보면 닮은 것도 같고, 또 어찌 보면 아닌 것도 같고……. 판에 박은 듯 닮았다면 모든 사람 가슴에 맺힌 한을 단번에 반은 풀었을 텐데."

정사일은 안타까운 마음에 긴 한숨을 내쉬었다.

비록 유세연은 죽었지만 그 혈육이 어딘가 남아 있다가 돌아왔다면 연화 대부인은 물론, 모든 사람 가슴에 맺힌 한이 그 혈육을 보며 풀려 나갈 것이다. 그런데 지금은 그걸 확신하지 못하고 있으니 오히려 한이 더 쌓이는 기분이었다.

"정말 안 닮았습니까? 그럼 아들이 아닐 수도 있지 않습니까?"

장남 정기문(鄭起紋)이 날카로운 눈으로 물었다.

혹시라도 누군가 신패를 가지고 계략을 부린다면 그건 큰일이기 때문이다.

올해 스물다섯 살인 그는 육 척이 넘는 거한이었지만 냉철한 두뇌와 과감한 결단력을 구비하고 있어 앞으로 정씨 가문이 독립을 하면 가문을 일으키는 데 큰 힘을 발휘할 것이라 모두 믿고 있었다.

"글쎄다. 그렇다고 완전히 아니라고 하기에는 뚜렷한 이목구비나 몸에서 풍기는 기운이 어딘지 모르게 닮았더구나. 그 때문에 대부인마님께서 내 새끼라며 쓰러진 것일지도 모르고."

"풍기는 기운이라면……?"

둘째 아들 정기호(鄭起號)도 눈을 반짝이며 물었다.

"나도 접객실에서 내당으로 들어가는 모습만 언뜻 봐서 확신할 수는 없지만 풍기는 기운은 어딘지 모르게 세연 그 사람과 닮은 것 같다는 느낌이 들었다. 착 가라앉은 눈빛과 느긋한 걸음걸이……."

"그 정도야 생판 모르는 사람도 닮을 수가 있지 않나요?"

정지연이 끼어들며 말했다.

"자세한 것은 대부인마님께서 깨어나시면 알게 되겠지. 무언가 확실한 이유가 있으니 그분이 그렇게 부르며 쓰러지셨겠지."

정사일이 간절함 표정과 함께 답했다.

"그럼 그 공자님이 세연 숙부님의 아들이라면 어떻게 되는 건가요?"

정지연이 기대감 가득한 목소리로 물었다.

정주유검가에 가장 큰 기대를 안겼던 유세연의 혈육이라면 그 역시 뛰어난 기재일 것이고, 그가 가문의 숙원을 이루면 유검가는 하남제일가를 뛰어넘어 중원에서 손꼽히는 가문이 될 수도 있을 것이다. 그럼 자신의 가문인 정씨 가문도 유검가의 후광을 입고 더 성장할 수 있다.

"당장은 대부인마님을 비롯한 모든 사람 가슴에 응어리진 한이 반은 풀리겠지. 그 후 가문의 검법을 대성하면……."

정사일이 말끝을 흐렸다.

그 역시 정지연과 같은 바람이었지만 그러기엔 청년의 너무 나이가 들어 보였다.

또한 무공에 대한 자질이 어떤지 지금으로서는 알 수도 없었다.

이곳으로 오며 안으로 갈무리한 이한성의 기도를 읽을 수 없었기에 정사일의 마음은 무겁기만 했다.

"무공에 있어서는 둔재라 할지라도 세연 숙부님의 아들이었으면 좋겠어요. 그럼 대부인마님께서 너무 좋아하실 텐데."

정지연이 눈시울을 적시며 말했다.

그녀 역시 유세연을 기리는 연화 대부인의 마음이 어떻다는 것을 충분히 알기에 만약 아니라면 가슴이 너무 아플 것 같았다.

"이를 말이냐. 바보 천치라도 혈육이기만 하다면 하늘에 감사해야지."

냉철한 성격의 정기문도 이때만큼은 감정을 고스란히 드러내며 긴 한숨을 내쉬었다.

외전이(하)편
第二十七章

　몇 번의 혼란이 지나간 후 정주유검가의 장원에는 짙은 어둠이 내려앉았다.

　인근에서 잔치에 참석한 사람들은 모두 돌아가고 장원에는 오늘 밤 유숙할 사람들만 남아 차를 마시거나 술잔을 기울이며 남은 여흥을 즐기고 있었다.

　그들은 이한성이 나타나며 정주유검가 내당이 또 한 번 발칵 뒤집혔다는 사실은 알지 못한 채 오늘 치른 잔치에 대해서 환담을 나누기도 하고 호진방의 도발에 대해서 분개하며 이런저런 대화를 나누고 있었다.

　그런 그들과 달리 또 한 무리의 인원은 유검가의 밀실에서 은밀한 회동을 하고 있었다.

유검가의 가주 유세천이 연화 대부인의 잔치를 기회로 인근 정도문파 명숙들과 비밀리에 회의를 열고 있는 것이다.

"이 사람의 말을 흘려듣지 않고 이렇게 자리해 주서서 감사합니다."

가주 유세천이 밀실에 모인 사람들을 향해 포권을 쥐었다.

이한성의 등장으로 인해 마음이 온통 허공에 떠 있었지만 이번 모임은 너무 중요하기에 흥분된 마음을 억지로 가라앉히고 회동을 주재하고 있었다.

"우리는 낌새도 채지 못하고 있던 흑도 놈들의 위험스런 움직임을 미리 감지하고 이렇게 대책을 마련하는 자리를 만들었으니 우리가 더 감사하지요. 만약 놈들이 무슨 은밀한 계략을 꾸미고 갑자기 뒤통수를 친다면 힘이 모자라는 우리가 제일 먼저 당할 것이 아니겠소."

정주 외곽의 작은 문파인 성가장(盛家莊)의 장주 성준경(盛俊景)이 약간은 굳은 얼굴로 인사를 받았다.

최근 정주 인근의 흑도방파는 다른 곳들처럼 급격히 세를 불리고 있었다.

멍청한 황제가 즉위하며 탐관오리들이 판을 치는 세상이 되니 자연 그렇게 흘러가는 것 같았지만 그들의 움직임은 예전과 달리 어딘지 모르게 체계적이고 일사불란했다.

그것을 이상하게 여긴 유검가에서는 그들의 움직임을 예

의주시하고 은밀히 파고들어간 결과 그들에겐 누군가 배후가 있다는 추정을 하게 되었다.

워낙 은밀하여 그들이 누군지, 어떤 목적으로 흑도방파를 조종하고 있는지는 아직 모르겠지만 분명히 보이지 않는 세력이 있다는 것은 확실했다.

그 사실을 안 유검가 가주 유세천은 연화 대부인의 구십 회생신연을 맞아 인근의 정파무림 명숙들과 은밀한 회동을 준비한 것이다.

“그렇지요. 최근 놈들이 우후죽순처럼 생겨나 언젠가는 큰일이 일어나지 않나 하는 불안감은 가지고 있었는데 놈들이 예상외로 빠르게 움직이는 모양이군요. 정말 모골이 송연한 기분입니다.”

정주오대문파의 한 곳인 유성도장의 장주 지학성(池鶴城)이었다.

유성도장은 성가장에 비해서는 세력이 크지만 유검가에 비하면 한참 모자랐다. 그러니 놈들이 마음먹고 들이닥친다면 성가장과 같은 운명을 맞을 수 있었다.

그것을 먼저 알아차린 유검가에서 이런 자리를 만들어 경각심을 일깨우고 대책을 마련코자 하니 고마울 따름이었다. 또한 명문대파가 되려면 자신들의 성장에만 관심을 쏟지 않고 주변으로까지 관심을 확대하며 정세를 파악하고 있어야 한다는 생각이 절로 들었다.

“그런데 놈들이 어떻게 그런 움직임을 보일 수 있는지요? 놈들은 새로운 흑도방파가 생겨나면 정도문파들보다 더 혈안이 되어 서로를 잡아먹으려 하지 않습니까? 그런데 이번에는 전혀 다르게 움직이고 있다니 정말 궁금하군요.”

구상검가(九象劍家)의 가주 정일권(鄭日權)이 의구심 가득한 표정과 함께 유세천을 쳐다보았다.

“저 역시 그것이 궁금합니다. 이전과는 전혀 다른 움직임이지 않습니까?”

“그렇습니다.”

이곳저곳에서 정일권의 질문에 동조하는 말들이 흘러나왔다.

“저도 그것이 이상해서 그 점을 중점적으로 파고들었습니다.”

유세천의 말에 모두 침을 꿀꺽 삼켰다.

“아직 확실한 단서는 잡지 못했지만 놈들의 배후에 아주 은밀하게 움직이는 세력이 있다는 결론을 내렸습니다.”

유세천은 비로소 오늘 회동에서 가장 중요한 사실을 밝혔다.

혹시 비밀이 새어 나갈 경우를 대비해 회동목적을 인근 흑도방파가 서로 힘을 합치려 하니 우리도 그에 대비하자는 제안만 한 것이다.

“배후?”

"배후라니?"

모인 사람들의 눈에 긴장감이 번져 나갔다.

흑도방파가 포악하긴 했지만 큰 위협이 되지 못하는 것은 서로의 결속력이 떨어지고 심지어 서로 견제하며 싸우기 때문이었다. 그러나 그들이 하나의 큰 세력에 의해서 통제되고 결속되어 움직인다면 그건 보통 문제가 아니었다.

그렇게 되면 가릴 게 없이 무슨 짓이든 하는 그놈들은 정도문파보다 훨씬 빠르게 세를 불리고 훨씬 위험해진다.

"대체 그 배후가 누구란 말입니까?"

청운도장의 장주 이윤명이 굳은 표정으로 물었다.

"본인의 능력이 일천하여 아직 그것까지는 알아내지 못했습니다."

유세천이 무겁게 고개를 저었다.

그동안 여러 경로를 통해 알아내려고 노력했지만 놈들은 아주 은밀하게 움직였고 어떤 증거도 남기지 않았다.

그런 정도라면 무공에 있어서도 절정고수 수준일 것 같았다.

"유 가주께서 알아내지 못한 정도라면 놈들의 배후는 아주 무서운 자들일 것 같군요."

구상검가주 정일권이 무거운 음성으로 말했다.

그 음성만큼 그의 얼굴에도 무거운 그림자가 드리워졌다.

"그럼 그놈들이 앞으로 무슨 짓을 벌일 것 같습니까?"

소가장(蘇家莊)의 장주 소정운(蘇正雲)이 담담한 음성으로 물었다.

그는 이곳에 모인 사람 중 제일 연장자였다. 그래서 속의 감정을 드러내지 않고 침착함을 유지하고 있었다.

"그걸 알려면 앞으로 여러 가문과의 긴밀한 협조가 필요합니다. 그래서 이 자리를 만들었고……."

유세천이 소정운을 정시하며 대답했다.

제일 연장자인 그가 적극적으로 나서주길 바라는 무언의 부탁이기도 했다.

"당연히 그렇게 해야지요. 놈들이 그렇게 은밀하고 위험하게 움직이고 있다면 우리도 그에 상응하는 대응을 해야 놈들의 도검에 등을 찔리지 않겠지요."

유세천의 의중을 파악한 소정운이 고개를 크게 끄덕이며 답했다.

"앞으로 우리가 어떻게 해야 할지 유 가주께서 말씀해 보시지요. 우린 최선을 다해 돕도록 하겠습니다."

구상검가주 정일권이 강한 어조로 말했다.

유세천은 모인 사람들의 면면을 훑어보았다.

대부분 같은 생각으로 고개를 끄덕이고 있었다.

"제일 먼저 할 일은 여기 모인 문파들끼리 긴밀한 연락체계를 구축하는 것입니다."

유세천이 의견을 피력했다.

“물론, 그것이 제일 중요하겠지요. 그런데 어떤 식으로 하면 되겠소?”

소정운이 물었다.

“각 문파 모두 전서구를 이용하고 계십니까?”

유세천의 질문에 반 이상이 고개를 저었다.

세력이 큰 문파나 가문에서는 전서구를 체계적으로 훈련시켜 이용하겠지만 군소문파에서는 그럴 여력도 없고, 전서구가 있다 한들 그걸 이용해 빠르고 빈번하게 연락을 할 만한 일도 없었다.

“그걸 이용하면 제일 빠르고 간편하겠지만… 여건상 불가능하니 정주의 금천표국(金天鏢局)을 이용하기로 합시다. 금천표국은 주로 정주 내에서만 표물을 운송하니 그들을 이용하면 빠르게 연락을 할 수 있을 것입니다. 그리고 촌각을 다투는 급한 일은 제가 드리는 전서구를 이용하십시오. 이곳에서 여러분 문파로 날릴 수는 없지만 그곳에서 날리면 이곳으로 올 수는 있습니다. 일회용 전서구라고나 할까요. 날린 후 또 필요하시면 금천표국을 통해 다시 한 마리 가져가시면 됩니다.”

“그거 좋은 생각이오. 그렇게 하면 급한 일은 늦어도 한 시진 안에 유검가로 연락이 가능하겠구려.”

소운정이 감탄했다는 표정으로 찬사를 토했다.

다른 사람들도 유세천의 용의주도함에 박수를 쳤다.

유검가에서 보내는 연락은 전서구를 통해 받지 못하겠지만 자신들의 위급한 상황은 곧바로 전서구를 통해 유검가로 알릴 수 있으니 크게 마음이 놓였다.

역시 명문세가는 어디가 달라도 다르다는 생각을 다시금 하게 되는 순간이었다.

"그다음으로 해야 할 일은 무엇이오?"

청운도장 장주 이윤명이 적이 침착해진 음성으로 물었다.

"다음으로는 여러분들과 가장 가까운 곳에 있는 흑도문파의 움직임을 사소한 것이라도 놓치지 말고 주시하다가 그것을 상세히 적어 정기적으로 보내주십사 하는 것입니다. 단편적으로는 무언지 모를 일이라도 여러 곳에서 일어나는 움직임을 종합해 보면 놈들의 의도가 무엇인지, 어떤 일을 꾸밀지 짐작할 수도 있겠지요."

유세천이 두 번째로 할 일을 주지시켰다.

"그렇군요. 그렇게 정보를 모으다 보면 무언가 그림이 맞춰지겠군요. 역시 정주제일가란 명성이 괜히 생긴 것은 아니구려. 허허!"

소정운이 너털웃음을 터뜨렸다.

자기 집 대문 앞이나 겨우 쓸고 사는 그들로서는 이런 전체적인 일은 생각해 본 적이 없었다. 세상이 고요할 때는 그렇게 해도 무방하겠지만 지금처럼 난세의 조짐이 보일 때는 고립은 곧 파멸로 치닫게 된다.

그런 생각은 하고 있었지만 구체적인 행동은 옮기지 못했
는데 정주유검가에서 한발 앞서가고 있었다.

"잘 알겠습니다. 돌아가는 즉시 은밀하게 알아보도록 하겠
습니다."

성가장주 성준경도 의욕 넘친 목소리로 답했다.

"하지만 극히 조심해야 합니다. 배경이 어딘지 짐작이 안
갈 정도로 조심스런 놈들이니 섣불리 행동했다가는 역습을
받을 수 있습니다. 너무 가까이 접근하지 마시고 일상적인 움
직임이라도 세세히 적어 보내주십시오. 그러면 됩니다."

유세천이 경각심을 일깨웠다.

"그렇게 하지요. 그리고 꼭 알아볼 만한 일은 돈을 주고 전
문가들에게 의뢰하겠습니다."

성준경이 고개를 끄덕였다.

"그것도 좋은 생각이오. 어설프게 우리가 나서는 것보다
그렇게 하는 것이 좋겠소."

"역시 머리를 맞대니 더 좋은 생각도 떠오르는군요."

유세천도 그것은 생각 못했다는 듯 미소를 지었다.

"그럼 세 번째는 무엇입니까?"

유성도장주 지학성이 물었다.

"이건 조금 어려운 문제이긴 합니다만……."

유세천이 말끝을 흐렸다.

"어서 말해보십시오, 유 가주. 우리도 얻어만 먹을 수는 없

지 않겠소. 희생할 부분이 있으면 해야지요.”

소정운이 말을 재촉했다.

“각 가문에서 인원을 차출하여 타격대를 하나 만들었으면 합니다.”

“타격대?”

“타격대라면?”

이번 건은 의외였는지 모두 눈을 크게 떴다.

“유사시 그들의 예봉에 대응할 수 있는 무력이 필요합니다. 그들은 분명히 어느 순간 기습을 할 것이고 그때 가서 각 문파에서 인원을 차출하고 대항하려 한다면 많이 늦습니다. 물론 한 문파에서 단독으로 타격대를 만들면 더 호흡이 잘 맞을 수도 있지만 그러면 뒤를 받쳐 줄 사람들이 없게 됩니다. 그러니 각 문파에서 인원을 차출하면 그들을 통해 각 문파의 다른 사람들에게도 전할 수 있으니 예비전력도 확보할 수가 있습니다.”

유세천의 말에 모두 불식간에 고개를 끄덕였다. 하지만 누가 먼저 선뜻 나서지는 못했다.

하나부터 열까지 맞는 말이기는 하지만 인원을 차출하고 그 경비까지 대는 것은 세력이 작은 가문에서는 기둥뿌리가 흔들릴 수도 있었다.

“그 인원은 어떻게 차출할 것이오? 각 파에서 똑같은 수로 할 건지, 아니면……”

소정운이 연장자답게 나서서 현실적인 문제를 지적했다.

"그래서는 안 되겠지요. 각 문파의 문도 수에 비례해서 차출해야 되지 않겠습니까?"

유세천의 망설임없는 대답에 소정운의 표정이 밝아졌다.

"그럼 비용 문제는……?"

이번에는 성준경이 조심스럽게 물었다.

"그것 역시 한 명당 얼마씩 산출해서 각 문파에서 차출한 인원을 곱하면 되겠지요. 물론 제가 주창한 일이니 우리 가문에서 이 할 정도는 더 내겠습니다. 그건 비상자금으로 비축해 두기로 하지요."

유세천이 명쾌하게 답했다.

"유 가주께서 그렇게까지 하신다는데 우리가 무슨 말을 하겠소이까."

누군가 긴 한숨을 내쉬며 찬성했다.

"우리 역시 고마울 따름입니다."

모두 크게 고개를 끄덕이며 찬성했다.

큰 문파든 작은 문파든 똑같이 부담하라는 것은 큰 문파의 횡포에 지나지 않는다. 그런 상황에서는 겉으로는 마지못해 찬성을 하더라도 불만이 팽배하고 불신이 생겨 진정한 힘을 이끌어낼 수 없다. 진심으로 승복하고 자진해서 움직여야 강한 조직이 만들어지는 것이다.

또한 그런 진심 어린 승복은 우두머리의 자기희생으로 이

끌어낼 수가 있다.

그걸 잘 아는 유세천은 유검가에서 이 할의 희생을 더 하기로 하며 강한 타격대를 만들 초석을 놓은 것이다.

"그럼 세부적인 것은 각 가문으로 돌아가실 때 문서로 만들어 드릴 테니 오늘 모임의 이름을 짓고 낮에 못 마신 술을 마저 들기로 하지요."

유세천이 가벼운 미소와 함께 회동의 폐막을 알렸다.

"하하! 그렇구려. 연맹을 만들었으니 그에 합당하는 이름도 지어야지요."

소정운이 너털웃음을 터뜨리며 연맹의 결성을 공식화했다.

유세천은 그냥 이름이나 짓자고 했지만 유세천의 내심을 읽은 소정운은 연맹이라고 못 박으며 결성식을 가지는 자리로까지 확대했다.

"이름이야 아무려면 어떻소?"

누군가 가벼운 음성으로 말했다.

"그게 아니지요. 이름이야말로 어떤 존재의 본질을 가장 함축적으로 나타내는 것이 아니겠소. 그러니 최대한 합당하게 지어야 가장 확실하게 본질을 인식할 수 있지요."

청운도장 장주 이윤명이 반론을 제기했다.

"그렇소이다. 사람도 이름이 그 사람 자체가 되지요. 그러니 모두 신중히 생각하신 후 떠오른 바를 말해보도록 합시다."

유성도장주 지학성이 마무리를 했다.

잠시 웅성거리는 소리들이 들리며 연맹의 이름 짓기 작업이 이루어졌다.

한동안 숙의를 거듭한 후 연맹의 이름은 정호회(鄭護會)로 결정되었다.

정주를 수호하는 단체라는 뜻으로 지은 것인데, 앞의 정(鄭)자를 바를 정(正)자로 바꾸면 정도문파나 정의를 수호하는 단체라는 뜻도 되어 그것으로 결정했다.

물론 초대 회주는 유검가의 유세천이었고 부회주는 소가장주 소정운이었다.

"자, 이젠 모두 결정되었으니 정호맹의 무궁한 발전을 기원하며 잔을 듭시다."

유세천이 잔을 들어 올리자 모두들 함성과 함께 잔을 비웠다.

같은 시각.

한 장원의 지하밀실에서는 열 명가량의 인영이 정방형 탁자에 둘러앉아 무거운 침묵을 지키고 있었다.

모두 사십대 중반에서 오십대 중반에 이르는 중년인들이었다.

그들의 몸에서는 많은 무리 위에서 군림하는 사람 특유의 위압적인 기운이 흘러나오는 것으로 보아 어느 조직의 수장이나 수뇌부임을 짐작할 수 있었다.

"좀 늦는 것 같소."

왼쪽 중간쯤에 앉은 사내가 무거운 분위기가 거북했던지 입을 열었다.

"항상 그랬지."

맞은쪽에 앉은 중년인이 약간은 불평스러운 음성으로 대꾸했다.

"그럼 내내 이렇게 죽치고 있을 것이 아니라 잠시 나가서 몸이라도 풉시다. 반 시진 동안이나 앉아만 있었더니 몸이 돌이 되는 것 같소이다."

얼굴에 구레나룻이 가득한 장한이 굵직한 목소리로 제안했다.

생김새에서도 알 수 있듯이 그는 멧돼지처럼 뛰어다니는 모습이 어울리지 탁자에 가만히 앉아 있는 것은 어울리지 않아 보였다.

"그럽시다. 오래 앉아 있었더니 허리도 아프고……."

다른 중년인 한 사람도 고개를 끄덕이며 자리에서 일어섰다.

"앉으시오. 오고 있는 모양이니."

대부분의 사람이 두 중년인을 따라 일어서려는 찰나, 문 가까이에 있던 한 중년인이 목소리를 낮추었다.

문 가까이에 앉은 중년인의 목소리에 웅성거리던 사람들이 급히 자리에서 일어서며 누군가를 맞을 준비를 했다.

얼른 일어서서 부동자세로 시립하는 것으로 보아 이곳으로 오는 사람은 그들보다 신분이 한참 높거나, 무공이 더 높은 사람임이 분명해 보였다.

덜컹!

잠시 후 지하밀실의 문이 열리며 한 명의 인영이 모습을 드러냈다.

건장하고 근육질의 체격으로 보아 사내임이 분명했다.

그러나 그가 어떤 사람인지, 나이는 또 얼마나 되었는지는 전혀 알 수 없었다.

그것은 그의 얼굴에 걸려 있는 귀면탈 때문이었다.

검은 장포를 몸에 걸친 인영은 귀면탈로 얼굴을 가리고 있었다.

그러나 그를 대하는 모든 사람은 익히 그 사실을 알고 있는 듯 흉측한 형상의 귀면탈을 보고도 별다른 동요를 하지 않았다.

"각주님을 뵙습니다."

귀면탈이 정방형 탁자 앞에 서자 부동자세로 서 있던 중년인들이 일제히 고개를 숙였다.

"앉게."

귀면탈은 가볍게 고개를 끄덕이고는 자리에 앉았다.

그를 따라 정방형 탁자에 둘러서 있던 중년인들도 자리에 앉았다.

"예기치 못한 일을 논의하느라 조금 늦었네."

귀면탈은 약속시간보다 늦게 나타난 데 대해 사과를 했다.

목소리를 들어봐서는 그는 여기 모인 사람들 누구보다도 더 나이 들게 느껴졌다. 적어도 오십 후반, 아니면 육십대 초반 정도 같았다.

"시간이 꽤 되었으니 바로 시작하지."

자신의 자리 앞에 마련된 차 한 잔을 단번에 들이켠 귀면탈은 조금 빠른 어투로 말을 이었다.

"장현방주가 먼저 말해보게. 일이 어떻게 되어가고 있나?"

귀면탈의 단도직입적인 질문에 장현방주 마종각이 움찔하며 상체를 세웠다.

그는 며칠 전 고의적으로 시비를 벌여 진성무관과 충돌하려고 했으나 이한성의 개입으로 무산되자 생사혈검 오필만을 불러들일 계획을 세우고 있었다.

"예상치 못한 놈의 개입으로 인해 일차 계획은 실패했지만 다음 계획을 세우고 있으니 며칠 안에… 크윽!"

장현방주 마종각이 말을 끝맺지 못하고 비명을 질렀다.

언제 출수했는지 귀면탈의 손에서 날아간 작은 표창 하나가 장현방주의 어깨에 깊숙이 꽂혀 있었다.

모두 눈이 휘둥그레지며 장현방주 마종각을 쳐다보았다.

대체 언제 저 표창이 장현방주 마종각에게로 날아갔는지 아무도 보지 못했다. 또한 귀면탈이 언제 출수했는지도 마찬가지였다.

단지 대화를 나누고 있었을 뿐인데 표창 하나가 마종각의 왼쪽 어깨에 깊숙이 박혀 있었다.

"쯧쯧!"

귀면탈이 혀를 찼다.

"요즘 무공 수련을 게을리 했더니 표창 던지는 실력이 줄었군. 왼쪽 눈을 맞히려 했는데 한참 빗나갔어. 쯧쯧!"

귀면탈이 자신의 실수를 탓하듯 거듭 혀를 찼다.

그러나 아무도 그가 실수를 했다고 생각하지 않았다.

출수하는 움직임도 보이지 않을 정도의 실력을 가진 그가 그런 어처구니없는 실수를 할 리가 만무했다. 오히려 실수를 빙자해 한 번 더 실수하면 눈을 뽑겠다는 경고를 하고 있는 것이다.

"지금쯤 진성무관은 강호에서 사라졌어야 했다. 그래야 며칠 안에 그곳에 가장 먼저 교두보를 마련하고 다음 작업을 할 계획이었다. 그런데 네 실수로 인해 다른 일들도 차례로 미뤄지게 됐다."

귀면탈이 차가운 눈으로 장현방주를 쏘아보았다.

귀면탈 사이로 쏘아져 나오는 안광은 그야말로 귀신의 눈빛이라고 해도 좋을 만큼 칼날처럼 섬뜩했다.

"하지만 놈이… 크윽!"

장현방주가 변명을 하려다 다시 비명을 질렀다.

이번에는 그의 오른쪽 어깨에 표창 하나가 깊숙이 박혀 있었다.

오른쪽 어깨마저 다쳤기에 장현방주 마종각은 당분간 검조차 휘두르지 못할 것이다.

그것은 다분히 의도된 응징이었다.

표면에 나서는 것은 장현방과 장현방주지만 실제적으로 장현방을 움직이는 사람은 총사 구일준이다. 비록 예상 못한 변수에 의해 일이 꼬였으나 구일준은 생사혈검을 끌어들여 계획을 재추진하고 있다.

그 과정에서 장현방주가 할 일은 없다. 오히려 제동을 걸며 방해만 될 수도 있다. 그래서 이렇게 날개를 꺾어놓으면 이제부터 장현방은 구일준의 마음대로 흘러갈 것이다.

"다음, 흑표방주(黑豹幇主)가 말해보게. 남양(南陽)의 유운문(流雲門)은 어떻게 되어가는지."

마종각에게서 눈을 돌린 귀면탈이 정방형 탁자 오른쪽에 있는 한 중년인에게 눈을 돌렸다.

"예상대로 저항이 만만치 않습니다. 하지만 며칠 안에 그들은 무너질 것입니다."

흑표방주 장모림(張募林) 빠르게 답했다.

흑표방은 남양에 자리 잡은 흑도방파로 방도들의 수는 삼백이 넘었다.

"좋아! 이번에는 안양(安陽)의 상황은 신도방주가 말해보게."

귀면탈이 제일 앞에 앉은 사내에게 물었다.

그는 귀면탈이 오고 있는 것을 제일 먼저 감지하고 소란스런 분위기를 가라앉혔던 중년인이었다.

신도방(新刀幇)은 안양에 거처를 둔 방파로 문도 수는 오백 명 정도로 비교적 큰 방파였다. 방도들의 무공도 높아 인근 정도문파를 위협하며 위세를 떨치고 있었다.

이름에서 알 수 있듯이 문도 대부분이 도법을 익혀 도를 메고 다녔다.

특히 신도방주 고욱(高旭)의, 두 자루의 각기 다르게 생긴 도로 펼치는 쌍도술을 익혀 암혼쌍도(暗魂雙刀)라는 별호를 얻었다.

검보다 훨씬 무거운 도는 한 자루를 휘두르는 것도 큰 힘을 요구하기에 쌍도술을 익힌 사람은 극히 드물었다. 그래서 고욱의 도법은 그만큼 까다롭고 괴이했다.

오른손에 쥔 한 자루 도는 일반적인 도와 비슷했다. 그러나 왼손에 쥔 도는 한쪽에만 날이 있는 것으로 도라 칭했지만 폭이 가늘고 가벼운 기형도였다.

각기 다른 무게와 다른 생김새의 쌍도로 펼치는 쌍도술은 이제껏 본 적이 없는 괴이한 초식으로 연결되어 있어 그 두 자루 도에 고혼이 된 사람만 수십 명이었다.

“안양에서의 작업은 순조롭게 진행되고 있습니다. 그곳에 분타를 세우는 것은 큰 무리가 없습니다. 인근에 몇몇 군소방파가 있지만 특별히 세력이 큰 곳이 없어 무리없이 스며들 수 있습니다."

신도방주 고욱이 자신감에 넘치는 음성으로 답했다.

"좋아! 그럼 전체적인 상황을 십오화(十五花)가 설명해 보게."

귀면탈이 지적을 하자 제일 뒤쪽에 있는 인영이 자리에서 일어났다.

다른 사람들에 가려져 이제껏 보이지 않았는데 그는 유일하게 여인이었다.

여인 중에서도 키가 작은 편에 속해 일어서도 앉아 있는 남자들과 별 차이가 나지 않았다. 그래서 이제껏 보이지 않았던 것이다.

그녀는 백화루(百花樓)라는 주루에 소속된 여인이었다.

백화루는 천년고도 낙양에 있는 큰 규모의 청루였다.

그곳에는 항상 백 명 안팎의 여인이 웃음과 몸을 팔아 백화루라고 이름을 지었는데 외관상 청루였지만 그 진정한 정체는 정보조직이었다.

수많은 사내가 드나드는 그곳은 정보가 가장 많이 모일 수밖에 없었다.

술이 만취된 남자들의 입에서 흘러나오는 정보들을 수집하고 분석하면 가만히 앉아서도 세상을 훤히 읽을 수 있었다.

또한 그들은 앉아서 얻을 수 없는 고급정보는 암행을 통해 직접 얻기도 하여 귀면탈이 속한 조직에서 없어서는 안 될 핵심적인 역할을 하고 있었다.

그녀는 그곳에서 열다섯 번째 서열을 차지한 기녀이자 귀면탈이 속한 조직의 조직원이었다.

"신도방주께서 말했듯이 안양은 순조롭지만 다른 곳은 예상보다 늦어지고 있습니다. 허창에서는 진성무관 때문에 그랬고, 개봉에서도 개방 총단이 있어 각별히 주의하다 보니 늦어지고 있습니다."

십오화가 잠시 찻잔을 들어 목을 축였다.

다음 설명은 더 비관적이어서 잠시 뜸을 들일 필요가 있었기 때문이다.

"그리고 정주의 상황은 최악이라 할 수 있습니다. 정주는 정파의 큰 세력이 세 곳이나 있고, 특히 정주유검가는 단연 독보적이라 그곳에 뿌리를 내리고 평정하려면 상당한 시간과 인력이 필요할 것 같습니다. 특히 유검가는 무언가 눈치를 챘는지 최근에는 우리의 뒤를 은밀히 캐고 다니는 심상치 않은 움직임을 보이고 있습니다."

십오화가 귀면탈의 눈치를 살폈다.

귀면탈은 이미 알고 있는 듯 아무런 반응을 보이지 않았다.

잠시 말을 끊었던 십오화가 다시 입을 열었다.

"며칠 전 들어온 정보로는 정주유검가 최고 어른인 연화대부인의 구십 회 생신연을 통해 그곳에서 인근 정도문파 문

주들이 비밀회동을 갖는다고 했습니다.”

“비밀회동?”

그 사실은 처음 듣는 듯 귀면탈의 눈이 귀기를 뿜어냈다.

“결과는?”

잠시 후 귀면탈이 질문했다.

“세작을 투입해 놓았으니 지금쯤 정보를 캐냈을 겁니다. 추측하기로는 우리의 움직임을 은밀히 탐지한 그곳 가주가 정도문파들을 규합하여 연대를 꾀하지 않을까 생각하고 있습니다. 어쨌든 내일 이맘때쯤이면 확실해질 겁니다.”

십오화가 자신있게 말했다.

“놈들의 움직임이 예상보다 빠르군. 그대로 두었다가는 호미로 막을 것을 가래로 막는 결과가 생길 것 같아.”

귀면탈이 혼잣소리처럼 말했다.

“우리도 무언가 대책을 마련해야 할 것 같습니다.”

십오화가 조심스럽게 의견을 피력했다.

“크게 한번 휘저어 주어야겠군.”

귀면탈이 선고를 내리듯 말했다.

“휘젓는다… 하심은?”

십오화가 신중한 표정으로 물었다.

“본단의 인원을 투입해서 놈들에게 철퇴 한 방을 날려야 하겠다. 철퇴에 뒤통수를 맞고 피를 철철 흘리게 되면 섣부른 짓은 못하겠지. 다른 가문 놈들도 알아서 몸을 사릴 테고.”

“본단의 인원을 투입하는 것입니까?”

진호방의 방주 호정무가 들뜬 목소리로 물었다.

그는 오늘 아침 정주유검가에서 난동을 부린 호정덕의 형이기도 했다.

정주유검가의 동향을 파악하는 것은 동생에게 맡기고 그는 이곳에 참석했다. 그리고 귀면탈로부터 가슴을 뛰게 하는 말을 들은 것이다.

본단의 고수들이라면 아무 걱정이 없었다.

그들의 정체가 무엇인지 모르지만 그들의 극강한 무공은 간담이 서늘할 정도였다.

그런 그들이 뒤를 받쳐준다면 정주제일가인 유검가라 할지라도 두렵지 않았다.

“자네들이 일을 제대로 처리하지 못하니 할 수 없는 일이지.”

“차라리 모두 쓸어버리는 게 낫지 않습니까?”

누군가 물었다.

“그렇게 하면 개방과 소림이, 그리고 그들과 관련있는 정도문파들이 가만있지 않을 것이다. 아직은 그럴 때가 아니니 그 일은 내 지시대로 한다!”

귀면탈이 칼로 자르듯 말하자 누구도 토를 달지 못했다.

第三十八章
철혈모정(鐵血摸情)

격심한 충격으로 정신을 잃은 연화 대부인은 다음 날 점심 때까지도 깨어나지 못했다.

구십이라는 너무 연로한 연세 때문에 가족들은 걱정이 태산 같았지만 연화 대부인은 이따금씩 헛소리만 하며 정신을 차리지 못했다.

이한성은 자신의 처소에서 연화 대부인이 깨어나기만은 기다렸다.

마음이 급하긴 했지만 연화 대부인과 다시 대면하여 이야기를 들어보고 싶었다.

어제 저녁 자신을 쳐다보며 부들부들 떨던 그녀의 모습으

로 보아 깨어나서 자신이 없다면 다시 혼절하여 영영 깨어나
지 못할 것 같았다. 또한 그 모습은 분명 다른 사람들은 모르
는 무언가를 알고 있는 것 같았다.

쪼르르―

이한성은 한 잔의 차를 따라 입술 끝으로 음미했다.

무슨 차인지 이름은 알 수 없었지만 향기가 은은하고 좋아
정신마저 상쾌해지는 기분이 들었다.

차를 한 잔 다 마셔갈 즈음 밖에서 급한 발걸음 소리가 들
렸다.

"공자님! 대부인마님께서 깨어나셨습니다."

시비가 뛰어들며 흥분된 목소리로 외쳤다.

발갛게 상기된 얼굴로 보아 시비들도 이한성에 대한 이야
기를 알고 있는 것 같았다.

"어서 모셔오라는 가주님의 분부십니다."

시비가 다급하게 재촉했다.

고개를 끄덕인 이한성은 찻잔을 내려놓고 천천히 시비를
따랐다.

"이리, 이리 오너라, 내 새끼야!"

이한성을 보자마자 연화 대부인은 어제 저녁 못지않게 격
앙된 모습과 함께 이한성을 손짓으로 불렀다.

이한성은 천천히 연화 대부인에게로 다가갔다.

“천금 같은 내 새끼, 만금 같은 내 새끼야!”

이한성의 손을 잡은 연화 대부인은 통곡을 하며 닭똥 같은 눈물을 쏟았다.

“어머님! 마음을 진정시키십시오. 너무 격한 감정은 좋지 않습니다.”

태상가주 유현승이 조심스런 목소리로 연화 대부인을 걱정했다.

“그래, 그래! 내가 또 쓰러지면 안 되지. 그래선 안 되지.”

아들의 말에 연화 대부인은 심호흡을 하며 격한 감정을 다스렸다.

지금 자신이 쓰러져서 다시 깨어나지 못하면 천추의 한을 남기는 것이다.

감정을 가라앉힌 연화 대부인은 주변을 둘러보았다.

방 안에는 입추의 여지가 없을 만큼 많은 사람이 들어차 있었다.

연화 대부인의 상태가 걱정스러웠기 때문이기도 했고 그녀의 말이 궁금했기 때문이기도 했다.

“자네들만 남고 다른 사람들은 모두 내보내게.”

연화 대부인은 아들 유현승과 가주, 그리고 가주의 동생들이 있는 곳을 가리키며 지시를 내렸다.

“어머님, 저는……?”

태상가주 유현승의 부인이자 연화 대부인의 며느리 구진

화가 의구심 어린 눈으로 연화 대부인을 쳐다보았다.

"미안하지만 자네도 좀 나가 있게. 남자들에게만 할 얘기가 있네."

연화 대부인이 단호한 음성으로 못을 박자 구진화가 섭섭함을 숨길 수 없는 표정과 함께 밖으로 나갔다.

그녀를 따라 증손자, 증손녀들이 모두 밖으로 나가고 실내에는 태상가주 유현승과 그의 아들들만이 남았다.

"이 아이는 내 아들이자 손자인 세연의 혈육이다."

연화 대부인은 여전히 이한성의 손을 잡은 채 단도직입적으로 말했다.

잠시 방 안에 침묵이 흘렀다.

모두 간절히 그렇게 믿고 싶었지만 아무런 증거가 없었다. 그런 상태에서 연화 대부인의 말만으로 이한성을 자신들의 혈육으로 인정하기에는 사안이 너무 중했다.

"저 문갑 안에 있는 목함을 가져오너라."

연화 대부인이 가주 유세천에게 지시를 내렸다.

유세천이 얼른 침상 옆에 있는 문갑의 문을 열고 목함을 연화 대부인에게로 가져왔다.

연화 대부인은 목갑을 열고 그 안에서 봉서 하나를 집어 들었다. 그리고는 봉서 안에 든 서찰을 꺼냈다.

비교적 깨끗한 모양을 한 봉서에 비해 그 안에 든 서찰은 누렇게 빛이 바랬고 금방이라도 찢어질듯 낡아 있었다.

아마도 오래된 서찰을 봉투만 여러 번 갈아서 보관해 온 모양이었다.

차르르—

연화 대부인은 혹시라도 찢어지지 않을까 조심스럽게 서찰을 펼쳤다.

"어머님 이것은?"

태상가주 유현승이 와락 다가와 서찰을 쳐다보았다.

서찰에는 면면부절 흘러가는 검초처럼 유려한 필체의 글씨가 가득 적혀 있었다.

막내아들 유세연의 필체였다.

가주 유세천과 그의 형제들도 오랜 세월을 뛰어넘고 접하는 막냇동생 유세연의 필체에 흥분된 표정으로 눈을 고정시켰다.

보고 싶은 할머님!

서찰은 그렇게 시작되고 있었다.

하지만 그 문장은 온통 먹이 번져 한참을 들여다보아야 제대로 읽을 수 있었다.

글자가 흐려진 것은 연화 대부인의 눈물 때문이었다.

유세연이 시신으로 돌아온 후 연화 대부인은 그 서찰을 읽으며 수없이 눈물을 흘렸기에 서찰 속의 글자들은 곳곳에 먹이 번져 있었다.

특히 보고 싶은 할머님이란 글자는 한참 들여다보아야 해독이 가능할 정도였다.

주르르—

서찰을 본 연화 대부인의 눈에서 다시 눈물이 흘렀다.

"제가 읽겠습니다. 어머님!"

다시 연화 대부인의 감정이 북받치게 하지 않기 위해 태상가주 유현승이 서찰을 받아 들었다.

소손 현재 산동성에 있습니다. 마침 정주로 가는 표행 행렬이 있어 이렇게 짤막하게나마 소식을 보냅니다.

집을 떠난 지도 어언 일 년이 다 되어가는군요.

검술 성취가 벽에 부딪쳐 세상 유람이나 하고 나면 그 벽을 넘어설 수 있을 것 같아 훌쩍 집을 떠나오긴 했지만 그동안 할머님께서 어떻게 지내는지 걱정이 되어 밤잠을 이루지 못한 적이 많습니다.

내 어머님이나 마찬가지이신 할머님!

한시라도 빨리 보고 싶은 마음 간절하지만 대성을 이루고 그 성취를 가문에 전하는 것이 더 영광된 일이기에 억지로 참아내고 있습니다.

대성의 길이란 참으로 어렵다는 생각이 듭니다.

가문의 숙원을 이루어야 한다는 마음에 지금까지는 너무 조급

하네만 생각하다가 오히려 더 높은 벽을 실감하고 절망감에 빠지기도 하였습니다.

하지만 최근 한 여인의 도움으로 인해 큰 깨달음을 얻고 새로이 수련에 매진할 생각입니다.

그렇게 수련을 한다면 조만간 십성의 성취를 넘고 대성을 바라보며 할머님 곁으로 돌아갈 수도 있지 않을까 생각합니다.

그날이 어서 오기를 바라는 마음 간절하지만 조급할수록 돌아가라는 선인들의 말처럼 소손 이제부터는 조금도 서두르지 않고 느긋하게 수련에 임할 생각입니다.

제게 그런 큰 깨달음을 준 여인은 절망감으로 술독에 빠져 있을 때 만났던 여인입니다.

그 여인이 술을 따라주며 제게 그러더군요.

잔을 비우지도 않고 어찌 새 술을 마시려고 하느냐며 새 술을 마시고 싶으면 먼저 잔부터 비우라고.

그 순간 정신이 번쩍 들었습니다.

전 그동안 너무 경직된 생각으로 비우지도 않은 채 자꾸만 새로 담으려고 하였습니다. 그러다 보니 제대로 담길 리 만무했지요.

그때서야 아둔한 소손 먼저 철저히 비워야 한다는 것을 알았습니다.

그동안 익혔던 초식도, 무공도, 더 나아가 내가 무공을 익혔다는 사실조차도 모조리 잊을 정도가 되면 다시 시작할까 합니다.

그렇게 되면 내면 깊은 곳에서 솟아오른 진정한 진혼사십팔검의 오의를 얻고 대성까지도 이루지 않을까 생각합니다.

하지만 지금까지처럼 조금도 서두르거나 오만하지 않을 생각입니다.

막히면 돌아가고, 안 되면 안 되는 대로 수련을 할 생각입니다.

하하! 할머님 앞에서 제가 너무 방자했군요.

각설하고…….

제게 그런 깨달음을 준 여인은 무가의 여식도 아니고 대학사 가문의 여인도 아니었습니다.

절망감으로 기루에서 근 열흘 동안 술독에 빠져 살 때, 언제나 제 옆에서 술을 따라주던 여인이었습니다.

하지만 어떤 명문대가의 여인보다 현숙하고 깊은 이해심을 가진 여인이었습니다.

여러 날을 절망하는 저를 보며 제가 가진 문제가 무엇인지 이해하고는 정문일침(頂門一鍼)의 조언을 해주었습니다.

수련은 않고 기루에서 여인과 술독에 빠져 지낸 죄는 돌아가는 대로 할머님 앞에 무릎 꿇고 달게 받겠습니다.

하지만!

저를 깊이 이해하고 제게 큰 깨달음을 얻게 해준 그 여인은…….

부디 내치지만 말아주십시오.

신분을 속이고 데려갈까도 생각했지만 그건 할머님께 평생 대죄를 짓는 일이기에 할머님께만은 이렇게 사실대로 밝힙니다.

안채로 들이기가 내키지 않으시다면 행랑채 하나라도 내어주어 기거하게 해주십시오.

몸이 너무 약해 애초에 이런 곳에는 어울리지 않는 여인입니다.

그러니…….

제발 매정하게 내치지만은 말아주십시오.

못난 소손 거듭 엎드려 청합니다.

…후략…….

그럼 언제나 강녕하시기를 빌며.

불초소손 유세연 올림.

서찰을 읽은 유현승과 그의 아들들 얼굴에는 통한의 빛이 흘러넘쳤다.

깨달음을 얻고 십성을 눈앞에 두고 있던 유세연이었다.

그리고 한 여인에게 애정을 느끼며 사내로 거듭나던 유세연이었다.

살아만 있었다면 이미 대성을 이루고 유씨세가는 하남제일가를 넘어 중원에서도 손꼽히는 세가가 되었을 것이다.

또한 그가 처음으로 애정을 느낀 여인!

비록 그녀가 기루의 여인이었다지만 살아만 있었다면 이곳에서 얼마든지 같이 지낼 방법이 있었을 것이다.

가슴이 미어지도록 안타까운 일이었다.

그 혈육 한 점이 남아 있다는 사실만이 터져 나오려는 통곡을 막아주고 있었다.

"모친은 몸이 약해 이미 세상을 떴다고 했더냐?"

한참 후 유현승이 이한성을 향해 질문을 던졌다.

그것은 이한성의 어머니가 아들 유세연이 말한 그 여인이라는 것을 확신할 수 있는 대목이었다.

그러나 이한성은 유현승의 말도 듣지 못한 듯 창밖으로만 시선을 고정시키고 있었다.

금방이라도 핏줄이 터질 듯 충혈된 이한성의 눈을 보며 유현승은 다시 질문을 던지지 못하고 이한성을 쳐다보기만 했다.

'어머니…….'

이한성은 속으로 피눈물을 삼키며 어머니의 모습을 회상했다.

언제나 병약하여 파리하던 안색!

버들가지같이 하늘거리며 걷던 모습!

그리고 자기 자신이나 아버지에 대해서는 한 마디도 하지 않고 입을 다물던 모습!

왜 그랬는지 이제야 알 것 같았다.

어머니는 기루의 여인이었고 그곳에서 대가 댁 공자를 만나 정을 주고 핏줄까지 잉태한 것이다.

그 후 출산을 하고 자식에게는 자신의 모진 운명을 물려주지 않기 위해 깊은 산골로 와서 모든 것을 꽁꽁 숨기고 아들을 키우며 살았다.

그러나 타고난 병약한 몸은 그 결실마저 보지 못하고 일찍 세상을 뜨고 말았다.

참으로 기구한 운명의 여인이었고 박복한 여인이었다.

하지만 자신에게는 하늘보다 더 넓고 강한 여인이었다.

'어머니!'

이한성은 다시 속으로 어머니를 불렀다.

기억 저쪽에서 어머니의 모습이 어제처럼 생생하게 떠올랐다.

환하게 웃는 모습이었다.

살아생전에는 한 번도 그런 얼굴을 본 적이 없었는데 이상하게도 환히 웃는 얼굴이 떠올랐다.

이젠 사랑했던 사람을 만나 행복해서일까?

아니면 강하게 자란 자식을 보며 안심해서일까?

기루에서 태어난 아이들은 대부분 어디로 주거나 버린다고 했다.

드물게는 그곳에서 사는 아이들도 있었지만 천덕꾸러기에

천하난봉꾼으로 성장한다고 들었다.

어머니는 그것을 잘 알았기에 자신을 데리고 그 험한 산골까지 들어와 신분을 속이고 살았다.

도심에서 살았다면 조금은 더 편하고 오래 살았을 수도 있었을 것이다.

하지만 어머니는 첩첩산중까지 와서 아들을 길렀다.

그건 아마도 자신의 모진 운명이 도저히 따라올 수 없게 하기 위해서였을 것이다.

그런 어머니의 간절한 소망 때문에 아들은 파락호에 난봉꾼으로 자라지 않았다.

첩첩산중의 산골마을에서 굶기를 밥 먹듯 했지만 단 한 번도 나쁜 짓 하지 않고 살았다.

또한 신세를 지면 꼭 갚으며 살았다.

어머니는 하늘을 우러러 한 점 부끄럼 없이 아들을 키웠다.

비록 이루어질 수 없는 사랑이었겠지만 어머니가 아버지를 얼마나 사랑했을지 짐작이 갔다.

어머니는 하늘을 우러러 한 점 부끄럼 없이 아버지를 사랑했으리라…….

'어머니…….'

목 뒤로 뜨거운 눈물이 흘러내렸다.

눈으로 흘리지 않았기에 고스란히 목 뒤로 넘어가고 있었다.

그러는 대신 눈은 더욱 충혈되었다.

만약 어머니가 자신을 낳은 후 산골로 가지 않고 이곳 유검가로 왔다면 어땠을까?

이곳 사람들의 성정으로 보아, 그리고 유세연이란 사람에 대한 애정으로 보아 내치지 않고 이곳에서 살게 했을 것이다.

그랬다면 어머니는 훨씬 더 편하게 살 수도 있었을 것이다.

그러나 어머니는 그런 선택을 하지 않았다.

그건 오로지 아들을 위해서였을 것이다.

아들이 이곳에서 어린 시절을 보냈다면 자연히 어머니의 신분에 대해 알게 되었을 것이고 지금처럼 자라지 못했을 것이다.

어머니는 아들을 강하고 한 점 부끄럼 없이 키우기 위해 자신에게는 최악의 선택도 마다하지 않았다.

'어머니…….'

어머니에 대한 그리움이 뼈에 사무쳤다. 동시에 아버지란 존재에 대해서도 궁금증이 일었다.

어머니가 하늘을 우러러 한 점 부끄럼 없이 사랑한 사내!

정주유검가 태상가주의 막내아들!

유세연!

그분이 아버지란 사실은 의심할 여지가 없었다.

그러나 너무 낯설다.

애초부터 없었던 존재였기에 받아들이기 힘들었다.

하지만!

어머니가 모든 것을 바칠 정도로 사랑했던 사내!

그 사실이 피보다 진하게 다가왔다.

지금은 아니지만 언젠가 그를 그리워하게 된다면 그건 아버지여서가 아니라 어머니가 죽도록 사랑한 사내라는 이유 때문일 것이다.

"아이야……."

연화 대부인이 갈라지는 목소리로 이한성을 불렀다.

비로소 상념에서 깨어난 이한성이 천천히 신형을 돌렸다.

"네가 있는 줄 몰랐다. 그걸 알았으면… 온 세상을 다 뒤져서라도… 으흐흑!"

연화 대부인이 통곡성을 토했다.

"할머님!"

가주 유세천이 얼른 연화 대부인을 부축했다. 그리고는 어제처럼 다시 혼절할까 노심초사했다.

"이젠 괜찮다. 세연이가 돌아왔으니, 내 새끼가 돌아왔으니 이젠 괜찮다. 이젠 기침도 나오지 않는구나. 이젠 괜찮다."

연화 대부인은 손을 흔들어 부축하려는 유세천을 막고는 이한성에게로 다가갔다.

"어디 보자, 내 새끼! 천금 같은 내 새끼, 만금 같은 내 새끼!"

연화 대부인은 두 손으로 이한성의 얼굴을 연신 어루만졌다.

이한성은 묵묵히 연화 대부인의 손길을 받아들였다.

아버지라는 존재도 낯선 상태였기에 그녀의 손길 역시 낯선 것은 마찬가지였다.

가족의 의미나 핏줄의 의미는 아직까지 어머니 한 사람에게 국한되어 있었다.

"그동안 어떻게 살았느냐, 어디 말 좀 해보아라."

한참을 통곡하며 이한성의 볼을 어루만지던 연화 대부인이 갈라진 목소리로 말했다.

"열네 살 때까지 구연촌(具蓮村)이라는 산골마을에서 살았습니다."

이한성은 담담히 답했다.

"구연촌?"

유현승이 눈 사이를 좁혔다.

전혀 들어본 적이 없는 곳이었다.

"산동성의 오지에 있는, 스무 가구도 살지 않는 작은 산골마을이었습니다."

"그랬구나. 자식에게는 자신의 운명을 물려주지 않기 위해 네 어미는 그곳까지 가서 너를 키웠구나. 불쌍한 것."

연화 대부인도 이한성이 한 것과 같은 생각을 하며 하염없이 눈물을 흘렸다.

“그리고 그 이후는 어떻게 컸느냐?”

가주 유세천이 낮게 깔리는 음성으로 물었다.

그 역시 속으로 감정을 삼키느라 목이 쉰 듯 목소리가 아래로 가라앉았다.

“이곳저곳 떠돌며 살았습니다.”

이한성은 우선은 간단하게 답했다.

언젠가 이들이 가족으로 느껴지면 자세히 말할 수도 있겠지만 지금은 전혀 가족 같지가 않았다. 이곳 역시 아직까지는 어머니가 사랑한 사내의 집안이었다.

“검을 익혔느냐?”

어제 이곳을 방문할 때 검을 허리에 차고 있었기에 유세천이 물었다.

“조금 익혔습니다.”

이한성은 고개를 끄덕였다.

“피는 속일 수 없는 모양이구나. 그렇게 깊은 산골 마을에서 살았으면서도 결국은 검을 익히다니…….”

유세천이 탄식처럼 말했다.

어릴 때부터 가문의 무공을 체계적으로 가르치지 못한 아쉬움이 목소리 가득 묻어나왔다.

스무 살이 다 되어 보이니 지금부터 진혼사십팔검을 익히기엔 너무 늦었다. 또한 열네 살까지는 산골 마을에서 살아 무공을 못 익혔을 테니 지금 익힌 것이 어떤 검법인지는 몰라

도 그것 역시도 한참 늦어 보잘것없을 것이라는 생각이 들었
다.

이한성에게서 유세연의 자질을 찾아내어 가문의 숙원을
이루는 것은 포기할 수밖에 없었다. 단지 그가 이렇게 분신을
남기고 그 분신이 가문을 찾아왔다는 것만으로도 천행으로
알고 살아야 할 일이었다.

"왜 더 빨리 찾아오지 않았느냐, 하루라도 더 빨리 왔으면
그만큼 더 볼 수 있지 않았느냐."

연화 대부인이 다시 통곡을 했다.

"사고를 당해 올 수가 없었습니다."

"사고라니? 어디 다치기라도 한 것이냐?"

연화 대부인의 눈이 커지며 이한성의 아래위를 훑었다.

"한동안 시력을 잃었지만 이젠 다 회복되었습니다."

이한성의 대답에 이곳저곳에서 안도의 한숨이 새어 나왔
다.

"천만다행이구나. 하늘이, 아니, 우리 세연이가, 그리고 네
어미가 도왔구나."

연화 대부인은 긴 한숨을 내쉬며 손자 유세연이 내려다보
기라도 하듯 창밖의 하늘을 쳐다보며 눈물을 흘렸다.

"잘 왔다. 정말 잘 왔다. 이제 아무 데도 가지 말고 이 할미
하고 같이 살자."

연화 대부인은 다짐이라도 받을 것처럼 이한성의 양손을

잡고 쓰다듬었다.

“당장 해야 할 급한 일이 있습니다. 그걸 처리한 후 다시 오도록 하겠습니다.”

이한성이 차분한 음성으로 말했다.

“안 된다! 더 이상 널 아무 데도 보내고 싶지 않다. 그때 세연이도 보내지 않았으면…….”

연화 대부인은 그때의 기억이 떠오르는지 온몸을 떨며 이한성의 손과 팔을 세차게 부여잡았다.

“콜록! 콜록!”

그녀의 입에서 한참 동안 그쳤던 기침이 다시 발작적으로 터져 나오기 시작했다.

“할머님!”

유세천이 급히 연화 대부인을 부축했다. 그러나 연화 대부인의 기침은 멈추지 않고 계속 터져 나왔다.

[우선은 같이 있겠다고 대답하거라.]

유현승이 급하게 전음으로 말했다.

당장은 연화 대부인의 기침을 멈추게 하는 것이 급선무였다. 그렇게 한 후 다른 방법을 모색해야 했다.

“그렇게… 하겠습니다.”

이한성이 얼른 답했다.

“그래, 콜록! 그렇게 하자꾸나. 다시는, 콜록! 이 할미 곁을 떠나지 말아다오.”

연화 대부인은 연신 고개를 끄덕이며 기침을 참으려 애를 썼다.

이윽고 그녀의 기침이 멈추었다.

“다시 널 잃는 일을 겪고 싶지 않아 내가 망령을 부렸구나. 하지만 당분간만이라도…… “

연화 대부인은 조금 냉정을 찾았는지 당분간만이라도 같이 있기를 애원했다.

“잘 알겠습니다. 그러니 고정하십시오!”

이한성은 거듭 다짐을 했다.

유현승의 말대로 오늘은 이곳에 머물며 연화 대부인을 진정시킨 후 움직여야 할 것 같았다.

이한성이 머문다는 말에 연화 대부인의 기침은 거짓말같이 멎었다.

유세연을 잃음으로 인해 얻은 기침은 그의 분신이 돌아옴으로 멎어버린 것이다.

第三十九章

그날 저녁 태상가주 유현승은 모든 가솔을 모아놓고 유세연이 연화 대부인에게 보낸 서찰과 함께 이한성이 유세연의 아들임을 공표했다.

물론 그 서찰에서 이한성의 모친이 기녀였다고 적힌 부분은 먹물이 번진 것처럼 지워 버렸기에 그 사실을 아는 사람들은 태상가주 유현승과 그의 아들들뿐이었다.

이한성이 정주유검가 최고의 기재였던 유세연의 혈육이 확실하다는 사실에 정주유검가는 온통 흥분에 휩싸였다.

비록 그 분신이 가문의 무공을 익히지 못해 유세연의 뒤를 잇지는 못하겠지만 연화 대부인의 이십 년 한이 풀렸다는 것만으로도 함성을 질렀다.

모두 이한성에게 최대한의 친밀감을 내보였고 나이가 든 여인들은 하나같이 눈물을 찍어내며 이한성의 손을 어루만졌다.

그런 들뜬 분위기 속에서 처소로 돌아온 이한성은 깊이 가라앉은 눈으로 허공을 응시하고 있었다.

"당신은 어떤 사람이었습니까?"

이한성은 한 사내의 모습을 상상하며 허공을 향해 질문을 던졌다.

그 사내의 혈육이라는 사실 하나만으로 너무나 많은 사람이 감정을 주체하지 못한 채 통곡을 하기도 하고 품에 안을 듯이 다가들기도 했다.

이미 이십 년 전에 세상을 하직한 사내였다.

강산이 두 번이나 바뀔 만큼 세월이 흘렀는데도 그 사내에 대한 사람들의 그리움은 너무나 깊었다.

단지 무공이 강해서만은 아닐 것이다.

한 사람이 다른 많은 사람의 뇌리에 그렇게 진한 그리움으로 각인되어 있는 것은 한 인격체로서 그만한 자격이 있었기 때문이다.

그런 사내였기에 어머니 역시 목숨을 바쳐 그 분신을 지켜 온 것이리라.

"당신은 정말 행복한 사람이군요."

이한성은 다시 나직하게 중얼거렸다.

그런 사내를 사랑한 어머니도 행복했다고 할 수 있을까?

평생 기녀로 살다가 죽는 것보다 그런 사내를 사랑하고 그 분신을 낳아 키운 생이 훨씬 행복했을 것이다.

고마워해야 할 일인데 왠지 가슴이 답답하기만 하다.

지켜주지도, 키워주지도 않고 떠난 사내!

그 사내에 대한 어쩔 수 없는 원망이 제일 먼저 가슴을 휘젓는다.

그의 부재로 인해 어머니는 남은 생을 한탄과 눈물로 보냈다.

한 번도 우는 모습을 보여준 적은 없지만 이따금씩 눈이 통통 부어 있을 때가 있었다.

그때마다 몸이 아파서 그렇다고 했고 그렇게 믿었다.

특히 매화꽃이 만발하던 계절이면 더욱 그랬다.

그 사내를 만났을 때였을 것이다.

어머니의 가슴에 그런 큰 아픔을 남기고 떠난 사내에 대한 원망이 강물처럼 밀려온다.

하지만…….

지켜주지도, 키워주지도 못한 채 떠난 사내!

그 사내의 통한은 또 얼마나 클까?

자신이 그 사내를 원망하는 마음과는 비교할 수 없을 정도로 클 것이다.

자신이 그렇게 떠났다면 차가운 땅속에서도 눈을 감지 못하고 있을 것 같다.

그러고 보니 그 사내는 절대로 행복한 사람이 아니란 생각이 든다.

당연히 지켜주어야 할 것을 못 지켜준 사내는 세상에서 가장 불행한 사내다.

동시에 가장 못난 사내이기도 하다.

이제껏 남의 일처럼 무덤덤했던 감정들이 조금씩 소용돌이쳤다.

누가 그를 죽였는지?

어떻게 죽었는지?

궁금증이 물밀듯 밀려온다.

불끈!

자신도 모르게 주먹이 쥐어지며 시선이 벽에 세워둔 검으로 향했다.

“들어가도 되냐?”

밖에서 굵은 청년의 목소리가 들렸다.

이한성은 긴 한숨으로 소용돌이치던 감정을 추스르며 문을 열었다.

술상을 든 시비와 함께 한 명의 청년이 서 있었다.

“술이나 한잔할까 해서…….”

청년이 싱긋 웃었다.

가지런히 드러나는 하얀 치아가 싱그럽게 느껴졌다.

연화 대부인의 구십 회 생신연에서 검무를 춘 유병학이었다.

촌수로 따진다면 사촌 형이었다.

"들어오십시오."

이한성이 유병학을 안으로 안내했다.

따라 들어온 시비가 술상을 내려놓으며 이한성을 슬쩍슬쩍 훔쳐보다가 볼을 발갛게 물들이며 달아나듯 밖으로 나갔다.

"휴식을 방해한 건 아닌지 모르겠군."

술병을 마주하고 앉은 유병학이 이한성의 눈치를 살피며 말했다.

깊이 가라 앉아 있는 이한성의 분위기를 느끼고는 조심스런 기분이 든 것이다.

"때로는 술을 마시면 더 깊은 휴식을 취할 수 있지. 오늘은 그럴 거야. 그러니 한 잔 들게."

유병학은 호방하게 말한 후 이한성의 잔에 술을 따랐다.

이한성은 묵묵히 잔을 받았다.

유병학의 말대로 오늘은 술을 마셔야 휴식을 취할 수 있을 것 같았다.

출관한 날 사부 한조산으로부터 처음 술을 배우고 그간 얼마 마셔보지 않았지만 오늘은 술이 마시고 싶었다.

잔을 받은 이한성은 유병학의 잔에도 술을 따라주었다.

“마시게.”

유병학이 잔을 들었다.

이한성도 잔을 든 후 단숨에 마셨다.

식도를 태울 듯 찌르르한 느낌이 뱃속까지 전해졌다.

무슨 술인지 모르겠지만 향이 좋고 독했다.

유병학이 이한성의 울적한 심사를 짐작하고 독한 술을 준비한 때문이었다.

“한 잔 더 하지.”

유병학도 단숨에 한 잔을 비우고는 다시 잔을 채웠다.

이한성 역시 단숨에 한 잔을 비웠다.

“다시 한 잔!”

세 잔을 연거푸 비우고 나서 유병학은 빙긋 웃으며 잔을 내려놓았다.

“술도 잘 마시는군. 그것도 핏줄 탓인가?”

유병학이 빙긋 웃으며 말을 이었다.

“우리 가문 사람들은 다 좋은데 술을 너무 좋아하는 것이 흠이지. 막내 숙부님, 아니, 네 아버지도 마찬가지였다더군.”

유병학은 의도적으로 핏줄을 운운하며 이한성에게 동질감을 느끼게 하려 했다.

“왜? 아버지란 말이 마음에 안 드나?”

이한성의 표정을 살핀 유병학이 물었다.

“그보다… 많이 생소하군요.”

이한성이 담담하게 답했다.

“그렇… 겠지. 이제까지는 얼굴은 물론, 존재하는지도 모르는 사람이었을 테니까.”

유병학이 고개를 끄덕였다.

“하지만 그분은 네 아버지였고 넌 내 사촌동생이다. 그건 변하지 않는다.”

유병학이 다시 술을 따랐다.

“지금은 생소하겠지만 시간이 해결해 줄 거야. 핏줄은 속일 수 없으니까 말이야.”

유병학은 다시 단숨에 술잔을 비웠다.

이한성도 술잔을 비웠다.

술잔을 내려놓기도 전에 밖에서 다시 인기척이 들렸다.

“이런! 선수를 빼앗겼군!”

유병학 또래의 청년 세 명이 각각 몇 개의 술병을 들고 들어왔다.

“어서 오십시오, 병인 형님! 그리고 병수, 병민이도 이리 와 앉게.”

유병학이 입맛을 다시며 세 명의 청년에게 자리를 마련해 주었다.

자신만으로도 이한성을 충분히 번거롭게 한 것 같은데 다시 세 명이 더 나타나니 조금은 부담스런 마음이 든 것이다.

시간이 충분히 지난 후라면 이런 자리는 사람이 많이 모일
수록 좋겠지만 지금은 이한성의 마음이 정리되지 않은 상태
라 자연 그런 생각이 들었다.

"어째 너 혼자만 와서 이렇게 입을 호강시키고 있는 것이
냐? 우리 입은 입도 아니냐?"

유병인(柳昞靷)이 도끼눈을 하며 유병학을 쳐다보았다.

그는 가주 유세천의 둘째 아들로 유병학보다는 몇 살이 더
많았다. 그리고 이미 혼인을 하여 아들과 딸 하나씩을 두고
있었다.

"그런 것이 아니라……."

"아니긴 뭐가 아닙니까. 이런 자리에서는 아무리 과음해도
나무랄 사람이 없으니 천재일우의 기회다 하며 선수를 친 것
아닙니까?"

유병민(柳昞旼)도 도끼눈을 하며 유병학을 공격했다.

그는 유세천의 셋째 동생인 유세강의 큰아들이었다.

"누가 아니랍니까. 평소에는 피를 나눈 형제니, 피는 물보
다 진하다느니 하다가 술자리만 생기면 뒤도 안 돌아보고 선
수를 치지요. 형님 속마음은 술은 피보다 진하다 아닙니까?"

유병수(柳昞收)도 지지 않고 목소리를 높였다.

그는 또 유세천의 둘째 동생인 유세진의 큰아들로 여기 모
인 이들 네 명은 공교롭게도 모두 사촌형제지간이었다.

그들은 연화 대부인의 증손자 중에서도 주량이 제일 세었

고 틈만 나면 같이 어울렸다. 그러다 보니 술 냄새도 귀신같이 맡아 본능적으로 이곳에 모인 것이다.

"술이 피보다 진하면 주루에 나자빠져 있는 사람은 모두 우리 형제겠구나."

이한성 앞에서 조심스럽게 무게를 잡던 유병학이 사촌형제들의 공격에 무너지며 고개를 절레절레 흔들었다.

"자! 내 술도 한 잔 받게. 저 녀석보다야 술 내공이 높으니 더 맛있을 걸세."

유병인이 이한성에게 술을 따랐다.

이한성은 마다않고 잔을 비운 후 유병인의 잔도 채워주었다.

뒤이어 유병민과 유병수도 술을 권했고 한 잔씩을 같이 마셨다.

"역시 우리 핏줄이야. 술 마시는 모습이 쏙 빼닮았어. 하하하!"

몇 잔을 쉬지 않고 연거푸 마시는 이한성을 보며 유병인이 대소를 터뜨렸다.

울적하던 마음이 술기운과, 같이 마시는 사람들의 유쾌한 목소리들로 인해 서서히 풀려 나갔다. 하지만 아직까지도 그들이 사촌형제들이라는 실감은 나지 않았다.

유병학의 말대로 그걸 해결해 줄 수 있는 것은 시간뿐이었다.

"우린 안 끼워줍니까?"

밖에서 다시 청년의 목소리가 들려왔다.

가신 가문인 정씨가의 장남인 정기문이었다. 그리고 그의 뒤에는 동생인 정지연도 있었다.

"어서 오십시오, 형님!"

유병수와 유병민이 자리를 만들어주었다.

"왜 안 오나 했지. 네놈이 여기서 풍기는 술 냄새를 못 맡으면 코가 썩은 것이다."

같은 나이인 유병학이 큰 목소리로 너스레를 떨었다.

"그래, 자네가 안 오면 이상하지."

유병인도 빙그레 웃으며 고개를 끄덕였다.

가신 가문이었지만 어려서부터 친형제들처럼 지냈기에 격이 없었다.

"저는 안 보이세요? 왜 오라버니만 그렇게 환대를 하세요."

정지연이 아미를 좁히며 목소리에 날을 세웠다.

"어이쿠! 정씨 가문의 암, 아니, 흑표범 납시오."

유병수가 목을 움츠렸다.

정씨 가문의 암표범으로 불리는 그녀의 사나움에 찔끔한 표정이었다.

"네 오빠 덩치가 하도 크니 뒤에 있으면 안 보일 수밖에 더 있느냐. 어서 와서 너도 한 잔 받아라."

유병인이 얼른 잔을 권했다.

"좋아요. 오늘은 새로 오신 오라버니도 있고 하니 봐드리겠어요."

정지연이 생긋 웃으며 잔을 받았다.

"넌 점점 더 예뻐지는구나. 누구 사랑하는 사람이라도 생긴 것이냐?"

유병인이 술을 따르며 슬쩍 농을 던졌다.

"제가 아직까지 병인 오라버니 사모하고 있다는 거 모르고 하시는 말씀인가요?"

"아이쿠! 그거 정말 큰일이구나."

정지연의 반격에 유병인이 과장된 비명을 지르며 뒤로 물러났다.

근 열 살가량 차이 나는 정지연은 코흘리개 시절 유병인에게 시집간다고 하여 어른들의 웃음을 자아내기도 했다.

"형수님 아시면 큰일이니 그건 특급비밀로 하자. 하하하!"

유병학도 너스레를 떨며 웃음을 지었다.

"참, 그리고 보니 다들 누가 누군지 모르겠구나. 사촌간이라는 것은 알겠지만 이름조차 알지 못할 게 아니냐?"

유병인이 어이가 없다는 표정으로 이한성과 다른 사람들을 쳐다보았다.

그들은 이한성은 알지만 이한성은 그의 말대로 누가 누군지 알지 못하는 상황이었다.

"그럼 누가 누군지도 모르고 술을 받아 마셨단 말이냐?"

유병학이 이한성을 보고 물었다.

이한성은 대답 없이 술잔만 비웠다. 그것은 곧 긍정의 의미였다.

"이거야 원. 남의 묘에 제사지내는 것도 아니고⋯ 하하하!"

유병학이 대소를 터뜨렸다. 그를 따라 다른 사람들도 배를 잡고 웃었다.

잠시 후 유병인이 자신은 물론, 모인 사람들을 하나씩 알려주었고 이한성은 다시 한 잔씩을 받아 마셔야 했다.

어느덧 열 잔도 넘는 술을 마시고 취기가 올랐다.

'가족이라⋯⋯?

자신에게는 너무나 생소한 왁자지껄한 분위기 속에서 이한성은 가족에 대한 의미를 새로이 되새겼다.

자신에게 가족이란 어머니뿐이었다.

그러나 그건 혈육으로만 따졌을 때의 말이다.

강 노인 부부나 황삼, 그리고 마을 사람들⋯⋯. 그들 모두가 가족이나 마찬가지였다.

은하표국의 하유걸 부부와 그 가족들!

그들 역시 가족이었다.

그리고 아직까지는 같이 술을 마시는 이들보다 그들이 더 가깝게 느껴졌다.

'잘 지내고 있을까?

강 노인 부부와 황삼, 그리고 마을 사람들이 너무 그리웠
다.

하유걸 부부와 하정현, 하정탁, 하정욱도 보고 싶었다.

그리고 꽃의 요정 같았던 하수린도…….

그동안 혹독한 수련을 통해 억누르고 있던 감정들이 취기
와 함께 둑이 무너지며 제방을 타고 넘는 물결처럼 밀려왔다.

이젠 그들을 두 눈으로 볼 수 있었다.

그래서 더욱 보고 싶었다.

쪼르르―

술잔을 비운 이한성은 스스로 한 잔을 더 따라 목 안으로
털어 넣었다.

"이런이런!"

유병인이 혀를 내둘렀다.

"대체 뭣들 하는가? 한성 동생이 기다리다 지쳐 자작을 하
고 있지 않은가?"

유병인이 다른 사람들을 보며 고함을 질렀다.

"우와!"

잠시 한눈을 팔았던 정지연이 탄성을 질렀다.

전체를 상대하느라 가장 많은 술을 마신 이한성이었다.

제일 작게 마신 유병인에 비하면 거의 세 배나 마셨다.

그런데 그것도 모자라는지 스스로 한 잔을 따라 마시는 모
습이 경이로웠다.

"와하하— 우리 가문에 새로운 주당의 탄생이오!"

유병학이 대소를 터뜨리면 만세를 불렀다.

다른 사람들도 고함을 지르며 축하를 했다.

"한성 오라버니. 혼자서 따라 마시지 말고 제 술 한 잔 받으세요."

볼이 발그레해진 정지연이 이한성의 잔으로 술병을 가져갔다.

그녀는 이한성이 자신보다 한 살 많은 열아홉이라는 것을 알고는 거리낌없이 오라버니라고 불렀다.

"벌써 변심을 한 것이냐?"

유병인이 큰 목소리로 농을 던졌다.

"계속 사모하고는 싶지만 병인 오라버니는 임자가 따로 있으니……."

정지연이 생글거리며 이한성의 잔에 술을 따랐다.

정지연이 따라준 술을 입으로 가져가던 이한성이 갑자기 움직임을 멈추었다.

정지연이 당황한 눈으로 이한성을 쳐다보았다.

"왜 그러세요, 오라버니? 제가 무슨 실수라도……?"

정지연이 굳은 표정으로 물었지만 입을 굳게 다문 이한성은 창문 쪽으로 고개를 돌린 후 눈을 감았다. 잠시 후 눈을 뜬 이한성은 와락 신형을 움직여 벽 쪽에 세워둔 검을 잡아채고는 문밖을 향해 바람처럼 몸을 날렸다.

“대, 대체?”
유병인과 유병학 등이 멍한 눈으로 문밖을 쳐다보았다.
“침입자다!”
뒤늦게 유병학도 고함을 지르며 문밖으로 몸을 날렸다.

第四十章 기백(氣魄)

챙─

챙!

날카로운 금속성과 함께 병기가 마주친 곳에서 연신 불꽃
이 튀었다.

침입자들은 스무 명 남짓이었다.

하나같이 짙은 흑의에 복면을 하고 있었는데 한눈에 보아
도 절정고수임이 느껴졌다.

정주제일가인 유검가에 스무 명 남짓으로 침입했다는 사
실로도 그것은 충분히 반증되었다.

그들 주변에는 이미 다섯 명의 사내가 쓰러져 있었다.

외당을 경비하던 서검대(徐劍隊)의 무사들이었다.

그들은 세 가신 가문 중 서씨 가문에 속한 무인들이었다.

유검대의 세 가신 가문은 자신들의 성씨를 딴 정검대, 목검대, 서검대를 맞고 있었는데 인원은 각각 이백 명 정도였다.

그들의 선출과 운영에 들어가는 비용은 유검가에서 지원했고, 지휘 및 관리는 세 가문에서 맡았다. 그런고로 세 가문의 가주는 정검대, 목검대, 서검대의 대주였다.

오늘의 외당 경비는 서검대 차례여서 쓰러진 다섯 명은 모두 서검대의 무사였다.

"물러서라!"

서씨가의 가주이자 서검대주 서철중(徐喆重)이 눈에 불을 켜며 검을 휘둘렀다.

순식간에 서검대 무사 다섯이 쓰러지자 더 이상의 희생을 막기 위해 서철중이 직접 뛰어든 것이다.

자신이 나서서 반각 정도만 막아주면 다른 검대들도 합류할 것이고, 또 내당에 있는 가주 가족들도 나서면 놈들을 처치할 수 있다고 생각했다.

쨍!

'으윽!'

검을 마주친 서철중이 비명을 삼켰다.

부딪친 검에서 바위를 두드린 듯한 충격파가 전해졌다.

내력을 급히 손목에 모아 검을 움켜쥐었지만 호구가 찢어졌는지 손바닥이 흥건하게 젖었다.

'보통 고수들이 아니다!'

서철중의 눈에서 강한 경계의 빛이 흘러나왔다.

단 일 합으로 자신이 이런 충격을 받을 정도라면 가주 형제들의 무공과 맞먹을 수준이었다.

또한 이들 몇 명이 합공을 한다면 가주 유세천도 결코 우위를 장담할 수 없을 것 같았다.

'어디서 이런 놈들이?'

궁금증이 일었지만 그 궁금증보다 더 빠르게 검이 날아들었다.

챙―

다시 금속성이 터졌다.

서철중의 검이 위로 튕겨 올라갔다.

손바닥에 흐른 피로 인해 검병이 미끄러진 때문이었다.

쉬이익―

복면인의 검이 훤히 드러난 틈을 향해 뱀의 혓바닥처럼 날아들었다.

챙―

가까스로 검을 쳐 냈다. 그 사이로 또 다른 검 한 자루가 쾌속하게 날아들었다.

서철중은 이를 악물었다.

그것까지는 피할 자신이 없었다.

최대한 가벼운 상처를 입는 방향으로 몸을 트는 것이 지금 상황에서는 최선이었다. 그래도 다시는 검을 휘두를 수 없을 만큼 어디 한 곳 크게 베어져 나갈 것 같았다.

어쩌면 치명상을 입고 죽을지도 몰랐다.

챙―

다른 검이 복면인의 검을 쳐 냈다.

그것은 정씨 가문의 가주 정사일의 검이었다.

“정 대주!”

서철중이 고함을 질렀다.

“뒤쪽!”

정사일이 마주 고함을 쳤다.

서철중이 급히 신형을 돌리며 검을 쳐올렸다.

뒤에서 목을 노리고 날아든 검이 서철중의 검에 부딪치며 금속성을 토했다.

쨍강!

서철중은 마침내 검을 놓쳤다.

호구가 더 많이 찢어지며 검을 쥘 수 없는 상태가 된 것이다.

“물러나시오!”

또 다른 가신 가문인 목씨가의 가주 목검대주 목진열(木震悅)이 고함과 함께 서철중의 어깨를 끌어당겼다.

목진열까지 가세한 것을 보며 서철중은 뒤로 물러났다.

“크윽!”

“큭!”

두 명의 대주가 더 가세했지만 곳곳에서 연신 비명 소리들이 터졌다.

서철중의 눈이 불을 뿜었다.

검 몇 번 더 휘두르는 사이 열 명도 더 쓰러졌다.

거의가 먼저 마주친 서검대의 무사들이었다.

“이, 죽일 놈들!”

서철중이 이를 갈았지만 자신은 이미 전투력을 상실한 것이나 마찬가지였다.

호구가 찢어진 상태로 다시 검을 들어보았자 한 번의 부딪침에도 미끄러져 튕겨 나갈 것이다.

하지만 그렇다고 넋 놓고 있을 수도 없었다.

서철중은 상의를 찢었다. 그리고는 검을 다시 잡고 찢은 상의로 손과 검병을 한꺼번에 동여맸다. 그렇게 하면 조금이라도 덜 미끄러질 것이다.

채채채챙!

“이, 이런!”

연속적인 금속성과 함께 당혹성도 흘러나왔다.

목검대주 목진열의 입에서 흘러나온 목소리였다.

그 역시 서철중과 비슷한 상황이 되어 놀란 눈을 부릅뜨고 있었다.

검에 실린 역도도 엄청났고 검초도 현란하고 어지러웠다.

파앗—

연신 뒤로 밀리던 목진열의 어깨에서 선혈이 튀었다.

쉬이익—

다시 복면인의 검이 목진열의 목을 향해 날아들었다.

눈이 부실 듯 현란한 환검이었다.

어느 것이 허초이고 어느 것이 실초인지 구별이 가지 않았
다.

목진열은 필사적으로 상체를 틀며 검을 쳐올렸다.

휘리릭—

기다리고 있었다는 듯 복면인의 검이 궤적을 바꾸며 가슴
을 찔러들었다.

애초에 노린 곳은 가슴이었다.

목을 향한 공격은 이 순간을 위한 허초였다.

'끝인가?

목진열은 눈을 질끈 감았다.

막을 수도 피할 수도 없는 검이었다.

그리고 그 검첨은 정확히 심장을 향하고 있었다.

쌔애액—

비도 한 자루가 복면인의 목을 향해 날아들었다.

이한성이 날린 것이었다.

음풍장에서 살수의 무공을 가르치던 우무상에게서 배운

비도술은 사진용 남매 못지않게 날카로웠다. 그에 더해 고강한 내력이 실려 있었기에 훨씬 위협적이었다.

목진열의 심장을 향해 검을 쑤셔 넣던 복면인이 훌쩍 뒤로 물러섰다.

목진열의 심장에 검을 쑤셔 넣는 순간 그 역시 목에 비도가 꽂힐 터였다.

"웬 놈들이냐?"

유병인이 같이 술을 마시던 유병학, 유병수 등과 함께 바람처럼 장내로 달려들며 고함을 질렀다.

정기문과 정지연도 굳은 표정으로 복면인들을 쳐다보았다.

술을 마시다가 이한성의 갑작스런 움직임을 보고 따라 나왔기에 그들은 모두 검을 소지하지 않고 있었다.

검을 소지한 사람은 유일하게 이한성뿐이었다.

'후욱―'

이한성은 술기운을 몰아내기 위해 길게 호흡을 이끌었다.

어설프게 상대할 자들이 아니었다.

술기운을 완전히 몰아낸 후 벼락처럼 몰아쳐야 할 자들이었다.

유병학 등의 등장으로 인해 일방적으로 검을 휘두르던 복면인들이 잠시 움직임을 멈추었다.

"저놈들부터 죽여라!"

지금 나타난 사람들이 유검가의 가족들임을 알아본 복면인 하나가 낮게 중얼거렸다.

"복명!"

명령을 받은 복면인들이 바람처럼 몸을 날렸다.

애초의 목적이 그것인 듯 복면인들은 반 정도는 달려드는 무사들을 막고 나머지 반은 유병인과 유병학 등을 향해 한꺼번에 날아들었다.

"이런!"

유병학이 신음과 함께 고개를 이리저리 돌렸다.

주인을 잃은 검 몇 자루가 바닥에 뒹굴고 있었지만 거리가 너무 멀었다. 그곳까지 가려면 복면인들을 통과해야 했다.

"막아라!"

정검대 무사 다섯 명이 급히 달려들며 검을 휘둘렀다.

챙—

까앙!

째째쨍!

요란한 금속성과 함께 다섯 자루의 검이 허공으로 날아올랐다.

그 사이로 복면인들의 검이 추호의 망설임 없이 날아들었다.

푸욱—

푹!

섬뜩한 파육음이 들리며 다섯 명의 무사가 동시에 쓰러졌
다.

애초에 그들의 상대가 아닌 자들이었다.

"물러서시오!"

겨우 검 한 자루를 챙긴 유병학이 고함을 치며 앞으로 튀어
나왔다.

동시에 그의 검이 시퍼런 광채를 토했다.

"크윽!"

복면인 한 명이 억눌린 비명과 함께 뒤로 물러섰다.

쩍 갈라진 그의 어깨에서 선혈이 터졌다.

저돌적으로 달려들던 복면인들이 주춤 움직임을 멈추었
다.

정주제일가로 불리는 유검가의 진혼사십팔검이 펼쳐지자
절대로 만만하지 않았다. 비록 나이 어린 청년이었지만 어제
검무를 추다가 육성의 성취를 넘어선 유병학의 검은 무겁고
도 날카로웠다.

경계심이 일었는지 서로 눈빛을 교환한 복면인들은 신속
히 신형을 이동시켰다.

휘리리─

복면인들의 검이 어지러운 궤적을 그렸다. 동시에 세 명씩
검진을 이룬 복면인들이 유병학과 유병인, 유병수 등을 향해
달려들었다.

“어서 검을 챙겨, 형!”

유병학이 고함을 질렀지만 복면인들은 틈을 허용하지 않고 검을 휘둘렀다.

“이, 이런!”

바닥에 떨어진 검을 집으려던 유병인이 복면인의 공격에 급급히 뒤로 물러났다.

그러나 뒤에서도 두 명이 검을 휘두르며 달려들었다.

“오라버니!”

정지연이 발작적으로 고함을 질렀지만 그녀 역시 오빠 정기문과 함께 맨손으로 포위된 상태였다.

유병인의 등으로 한 자루 검이 쑤셔들려는 찰나,

파아앙—

섬뜩한 파공음이 허공에 울려 퍼지며 시퍼런 빛줄기가 쏟아져 나갔다.

파아앗!

피보라가 솟구치며 두 개의 머리가 동시에 날아올랐다.

유병인의 등 뒤에서 검을 휘두르던 복면인들의 수급이었다.

쉬이익—

다시 파공음이 대기를 찢어 나갔다.

“헉!”

유병인에게와 마찬가지로 빈손인 유병수를 포위하며 공격하고 있던 복면인 하나가 비명을 질렀다.

번쩍! 하고 공간을 격하며 한 개의 인영이 코앞에서 솟구치고 있었기 때문이었다.

쨍강—

반사적으로 휘두른 복면인의 검이 비명을 지르며 허공으로 튕겨 올랐다.

파앗—

검을 잃은 복면인의 허리가 길게 갈라지며 피보라가 터졌다.

"이놈!"

허리가 갈라진 동료가 짚단처럼 무너지는 것을 본 다른 복면인 하나가 야차처럼 고함을 치며 검을 휘둘렀다.

카앙!

이한성의 검에 부딪친 복면인의 검이 산산조각 나며 사방으로 비산했다.

그 사이로 이한성의 검이 추호도 망설이지 않고 날아들었다.

푸욱!

일검에 심장이 꿰뚫린 복면인이 불신 가득한 눈으로 이한성을 쳐다보며 바닥으로 무너졌다.

휘이익—

다시 이한성의 검이 허공을 난도질했다.

파아앙—

시퍼런 빛줄기가 수십 가닥으로 갈라지며 정검대와 목검대, 서검대의 무사들을 베어 넘기고 있던 복면인들을 향해 쏘아졌다.

"피해!"

다급한 고함 소리와 함께 복면인들이 급급히 허공으로 날아올랐다.

이한성의 신형도 같이 허공으로 날아올랐다.

흡사 한 마리 비조를 연상케 하는 신법이었다.

챙챙챙!

허공에서 금속성이 연이어 울려 퍼졌다.

"크윽!"

"큭!"

비명과 함께 허공으로 솟구친 복면인들이 바닥으로 내려섰다.

쿵! 쿵! 쿵!

뛰어오를 때는 다섯 명이었지만 제대로 착지한 사람은 두 명뿐이었다. 세 명은 허공에서 이미 숨이 끊어져 바닥을 뒹굴었다.

제대로 착지한 두 명이 석상처럼 굳은 채 이한성을 노려보았다.

그들을 따라 모든 움직임이 동시에 멈추었다.

순식간에 복면인 여러 명이 바닥에 쓰러져 버렸다.

전혀 예기치 못한 상황이었다.

복면인들도 마찬가지였고 유검가 사람들도 마찬가지였다.

가주 유세천이나 그 형제들이 나섰다면 모르겠지만 아수라장을 만든 장본인은 약관이나 되었을 법한 청년이었다.

'대체?'

저승 문턱까지 갔다 온 유병인이 두 눈을 부릅뜨며 이한성을 쳐다보았다.

검을 소지하긴 했지만 제대로 익힌 것 같아 보이지 않았다.

기도나 눈빛, 그 어느 것에서도 저런 광폭한 고수의 기운은 엿보이지 않았다.

그래서 내심 실망감이 컸다.

하지만 막내숙부 유세연의 하나밖에 없는 혈육이라는 사실은 피눈물이 흐를 정도로 애틋했기에 밤을 새워서라도 술을 마시고자 했다.

전혀 엿보이지 않던 기도는 자신으로서는 읽을 수조차 없이 철저히 감춘 것이었다.

비슷한 생각으로 유병학과 유병수, 유병민도 망연히 이한성을 쳐다보고 있었다.

"이놈!"

지시를 내리던 복면인이 이를 뿌드득 갈며 앞으로 나섰다.

그의 복면과 상의가 세찬 바람에 휩쓸린 듯 펄럭거리는 것으로 보아 그가 얼마나 분노하고 있는지 짐작케 했다. 또한 몸에서 피어오르는 기운만으로도 그런 현상이 일어나는 것으로 그가 절정을 바라보는 고수라는 것도 증명해 주었다.

"어린놈이……."

우두머리 복면인이 분노로 말을 제대로 잇지 못하며 잡아 먹을 듯 이한성을 노려보았다.

"야밤에 남의 집 담이나 넘는 쥐새끼에겐 안 어울리는 눈 빛이군!"

잠시 복면인의 시선을 맞받은 이한성이 차갑게 내뱉었다.

펄럭!

다시 복면인의 상의가 부풀었다가 원래의 상태로 돌아갔다.

"이놈부터 죽여라!"

가까스로 감정을 억누른 우두머리 복면인이 부하들에게 지시를 내렸다.

부하들이야 얼마든지 보충할 수 있었지만 자신의 목숨은 하나뿐이었다.

"쳐라!"

다른 복면인 하나가 고함을 질렀다.

고함 소리와 함께 남은 복면인들이 모두 이한성에게로 날아들었다.

이한성의 눈이 차가운 광채를 내뿜었다.

복면을 한 채 야밤에 담을 넘어 떼거리로 달려드는 무리!

한 가닥의 자비심도 불필요한, 모조리 베어버려 할 존재들이었다.

사부 한조산으로부터 그렇게 배웠다.

쉬이익—

발끝으로 땅을 박찬 이한성의 신형이 빨랫줄처럼 늘어났
다.

쟁강!

째째째쟁!

날카로운 검명이 일며 여러 자루의 검이 동시에 튕겨 올랐
다.

쉬이익—

튕겨 오른 검 사이로 한 자루의 검이 벼락처럼 떨어져 내렸
다.

"크윽!"

어깨에서부터 심장까지 길게 갈라진 복면인 하나가 바닥
으로 뒹굴었다.

파공음이 울리며 네 자루의 검이 동시에 이한성을 향해 날
아들었지만 바위를 두드린 듯 튕겨졌다.

이한성의 기세는 노도였고 광풍이었다.

마주치는 검들은 여지없이 그 노도와 광풍에 휩쓸려 튕겨
나가거나 박살이 났다.

'세연 아우……'

정검대주 정사일의 눈에서 자신도 모르게 굵은 눈물이 흘
러내렸다.

노도처럼 휘몰아치는 기세!

그러면서도 바람처럼 부드럽고 물처럼 자유로운 움직임!

정주유검가 최고의 기재 유세연의 모습이었다.

지금 이한성이 펼치고 있는 검법은 절대로 유검가의 진혼사십팔검이 아니었다.

진혼사십팔검에 비하면 너무나 패도적이고 강렬했다.

하지만,

검법을 펼쳐내는 그 기세!

한 인간의 몸에서 터져 나오는, 그만이 간직한 고유의 기백(氣魄)!

그것은 어떤 검법, 어떤 무공을 펼치더라도 그만의 독특한 기운을 뿜어낸다.

어느 곳에서 어떤 물을 마시고 자라더라도 변하지 않는 꽃의 향기처럼 일정하다.

열 명도 넘는 복면인을 상대하며 이한성의 몸에서 피어나는 노도 같고 바람 같은 기세는 유검가 최고기재 유세연의 그것이었다.

마치 유세연이 웅혼하면서도 패도적인 무공을 익힌 채 살아 돌아온 것 같았다.

'세연아, 이놈아……'

안채 깊은 곳에서 아들들과 함께 달려나온 태상가주 유현승의 눈에서도 정사일과 마찬가지로 굵은 눈물이 흘러내리고 있었다.

저 나이 때에 집을 나가 싸늘한 시신으로 돌아온 막내아들 유세연!

그가 지금 가문의 담을 넘은 복면인들을 향해 거침없이 검을 휘두르고 있었다.

언제나 부드럽고 온화했지만 검을 들고 분노하면 노도 같았던 아들이었다.

쌍둥이라 할 정도로 똑같은 기세로 이한성의 검이 복면인들의 검을 맞받아쳤다.

깡!

까앙!

두 자루의 검이 싹둑 잘려 나가며 검을 잃은 복면인들의 목이 허공으로 떠올랐다.

푸욱!

다시 한 명의 심장에 구멍이 나며 그 자리에 무너졌다.

'대체 저 어린놈은?'

지시를 내리고 뒤에서 지켜보던 복면인의 눈이 어지럽게 흔들렸다.

유검가 가족들이 기거하는 내당에서 달려나왔지만 지금 저놈이 펼치는 검법은 절대로 진혼사십팔검이 아니었다.

진혼사십팔검으로서도 흉내 낼 수 없는 초상승의 검법이었다.

진혼사십팔검 역시 대성이 힘든 상승검법이라 들었다.

하지만 저 검법은 진혼사십팔검을 한참 뛰어넘는 검법이 분명했다.

마검이 아닐까 싶을 정도로 패도적이지만 그 안에 담긴 기운은 어떤 정종무공보다 웅혼하고 정대했다.

심오한 심법과 두터운 내력이 받쳐주지 않으면 절대로 펼칠 수 없는 검초!

그것이 쉴 새 없이 펼쳐지고 있었다.

'저 어린놈이 그것들을 모두 갖추었다는 말인가?'

쉽게 납득할 수 없었다.

그렇게 생각하기에는 너무 어렸다.

"크윽!"

"큭!"

처절한 비명이 터지며 다시 세 명의 복면인이 바닥을 뒹굴었다.

이젠 반도 남지 않았다.

전의를 상실한 그들이 모두 베어지는 것은 시간문제였다.

"물러서라!"

우두머리 복면인이 고함을 질렀다.

第四十一章
단서(端緖)

우두머리 복면인의 고함에 남은 복면인들이 급급히 물러
났다.

그 사이로 우두머리 복면인이 걸어나왔다.

이런 상황이면 부하들과 함께 바람처럼 사라져야 했다.

그렇게 행동하는 것이 자신이 속한 조직의 방침이었다.

그러나 한가닥 호승심이 쇠사슬처럼 발목을 휘감았다.

근원을 알 수 없는 어린놈의 검법!

한번 마주쳐 보고 싶었다.

우두머리 복면인은 천천히 이한성 앞으로 다가섰다.

휘리릭—

검을 한 바퀴 돌려 선혈을 털어낸 이한성도 우두머리 복면
인과 마주했다.

우두머리 복면인의 체격은 그리 크지 않았다.

오히려 부하들보다 호리호리한 몸매였다.

그러나 그의 몸에서 풍기는 기운은 아름드리 고송보다 강
건했다.

그만하면 스무 명 정도의 부하만 데리고 유검가의 담을 뛰
어넘을 만하다는 생각이 들었다.

하지만 복면을 하고 남의 집 담을 넘은 이상 아무리 강해도
도둑놈일 뿐이다.

또한 그런 놈을 살려둘 생각은 추호도 없다.

이한성은 차가운 눈으로 우두머리 복면인을 쳐다보았다.

"어디서 온 놈이냐?"

우두머리 복면인이 차가운 음성으로 질문했다.

피식—

이한성이 냉소를 지었다.

누가 할 질문을 누가 하는지 모를 상황이었다.

"그러는 네놈은?"

이한성이 되물었다.

꿈틀!

우두머리 복면인이 눈썹이 복면 속에서 춤을 추었다.

챙!

더 이상 말이 필요 없다는 것을 느낀 우두머리 복면인이 검을 뽑았다.

그의 검에서 시린 광채가 사방으로 흘러나왔다.

"대주님!"

이럴 때가 아니라는 듯 땅딸보 복면인 하나가 우두머리 복면인을 불렀다.

자신들의 조직에서 흑영대주(黑影隊主) 자리를 맡고 있는 그는 자신들이 모두 죽어서라도 살려 보내야 할 사람이었다.

흑영대주가 잠시 갈등하는 모습을 보였다.

지금이라도 마음을 바꿔 부하들과 함께 담을 넘어 도망칠 상황이었다.

"갈등할 필요 없다. 한 놈도 살려 보낼 생각이 없으니……"

이한성이 슬쩍 걸음을 옮겨 흑영대주가 도주할 수 있는 방위를 점했다.

그곳은 유검가의 가신 가문의 무사들이 지키고 있는 방향이었다.

도망을 치려면 그곳을 뚫고 나가야 했는데 이한성이 막아 버렸다.

다른 방향은 무장을 확실히 한 채 나타난 가주 유세천과 그 형제들에 의해 모두 막혀 버렸다.

"감히!"

흑영대주가 씹어먹을 듯 이한성을 쳐다보았다.

이한성은 검을 비스듬히 내렸다.

마라십이검을 펼치기 위한 기수식이었다.

마라십이검 중, 삼초식까지는 마라십이검의 특징이 나타나지 않는다.

사초식인 검뢰번천(劍雷翻天)부터 마라십이검 특유의 검기와 초식이 드러난다.

그러기에 삼초식까지만 펼친다면 누구도 마라십이검이라는 것을 알 수 없다.

이제까지는 초반 두 초식밖에 사용하지 않았다.

그럼에도 놈들을 상대하는 데는 아무런 어려움이 없었다.

사부 한조산이 이따금씩 자부심 어린 표정으로 자랑을 할 만했다.

아니, 훨씬 더 자랑을 했어야 마땅할 검법이었다.

고지식하고 괴팍한 사부는 자신은 물론, 제자에 대한 칭찬에 극히 인색했다.

유일하게 자신의 사문인 현천검문에 대해서만은 칭찬을 아끼지 않았다.

이한성의 입가에 자신도 모르는 미소가 피어올랐다.

"하룻강아지 같은 놈이!"

흑영대주를 재촉했던 땅딸보 복면인이 고함을 질렀다.

이한성의 미소를 비웃음으로 여긴 때문이었다.

피잉—

이한성의 검에서 한줄기 검기가 쏘아져 나갔다.

대경한 땅딸보 복면인이 미친 듯이 검을 휘둘렀다.

그러나 한발 앞선 검기 한 줄기는 땅딸보 복면인의 오른쪽 어깨를 사정없이 꿰뚫었다.

"크으윽!"

땅딸보 복면인이 어깨를 부여잡고 뒷걸음질을 쳤다.

쨍―

들고 있던 검마저 떨어뜨린 땅딸보가 야차처럼 이한성을 노려보았다.

이한성이 검을 들어 땅딸보 복면인의 눈을 가리켰다.

"으헉!"

독사눈을 하던 땅딸보가 황급히 뒷걸음질을 쳤다.

냉소를 머금은 이한성이 다시 적운검을 비스듬히 내리며 마라십이검의 기수식을 취했다.

"이, 이놈들!"

내당의 문이 열리며 몇 명의 인영이 뛰어나왔다.

소식을 듣고 달려온 연화 대부인과 그녀를 부축한 여인들이었다.

연화 대부인은 눈에 불을 켜며 이한성의 모습을 찾았다.

"뭣들 하고 있느냐, 내 새끼! 어서, 어서 내 새끼를……."

흑영대주와 대치하고 있는 이한성을 발견한 연화 대부인이 찢어질듯 고함을 질렀다.

그녀는 도대체 이 상황이 이해가 되지 않았다.

모두가 나서고 이한성은 제일 뒤로 빠져야 했다.

아비 얼굴은 물론, 가문의 검도 익히지 못한 불쌍한 아이였다.

이십 년 만에 겨우 혈육을 찾아왔는데 사지로 내몰고 모두 뒤로 물러서 있었다.

"무엇하고 있느냐! 어서 저 아이를 구하지 못하느냐?"

연화 대부인이 목이 찢어져라 고함을 쳤다.

그러나 누구도 선뜻 움직이지 않았다.

손자 유세천도, 아들 유현승도 쳐다보고만 있었다.

"어, 어서……."

연화 대부인이 유세천을 향해 손을 들어 올렸다.

"고정하십시오, 할머니. 저 아이는 소손보다 오히려 고수입니다."

가주 유세천이 침착한 음성으로 말했다.

가문의 독문검법인 진혼사십팔검이 정주제일의 검법이고, 그것으로 가주 유세천은 정주제일의 고수라 할 수 있었지만 청해성 제일마검인 한조산에 비할 수는 없었다.

마라십이검은 진혼사십팔검에 비해 몇 단계 더 높은 상승의 검법이었다.

그 검법의 수준 차이가 이한성과 유세천에게도 고스란히 적용되었다.

“무어라?”

연화 대부인의 눈이 찢어져라 커졌다.

저 아이가 가주 유세천보다 고수라니?

“그걸, 그걸 지금 믿으라는 말이냐?”

그 설명은 굳이 필요치 않았다.

흑영대주의 검이 벼락처럼 이한성을 향해 떨어져 내리고 있었다.

쉬이익—

이한성의 검이 대기를 가르며 사선으로 치고 올랐다.

까앙—

고막을 찢을 듯한 금속성이 울렸다.

흑영대주의 눈에서 당혹감이 흘렀다.

초식보다는 내력에 중점을 둔 공격이었다.

아무리 상승검법을 익혔다 치더라도 어린놈이니 내력은 딸릴 것이란 판단에서였다.

그런데 부딪친 검신을 통해 전해지는 충격파는 상상을 초월했다.

초식보다는 내력이 훨씬 더 고강한 놈이었다.

내력 차이는 오히려 초식 차이를 훨씬 능가했다.

쉬이익—

이번에는 이한성의 검이 위에서 아래로 떨어져 내렸다.

흑영대주가 검을 쳐 올렸다.

쾅!

호구가 찢어질 듯한 통증에 흑영대주는 이를 악물었다.

이젠 어지러운 초식으로 승부를 펼칠 수밖에 없었다.

휘리리릭—

흑영대주의 검이 현란한 검초를 펼쳐냈다.

이한성이 주춤 뒤로 물러났다.

'그럼 그렇지!'

흑영대주는 속으로 쾌재를 외쳤다.

처음부터 내력이 아니라 초식으로 승부를 봐야 했다.

쉬익—

쉬이익—

흑영대주의 검이 미친 듯이 춤을 추었다.

이한성이 한 발 더 뒤로 물러났다.

마리십이검의 사초식인 검뢰번천(劍雷翻天)이나 오, 육초식을 펼치면 이 정도는 한 가닥도 남기지 않고 가두고 끊어버릴 수 있다.

그러나 지금은 때가 아니었다.

아직까지는 사부는 죽은 사람으로 존재해야 한다.

'복잡한 것일수록 단순하게!'

이한성은 사부 한조산의 가르침을 떠올렸다.

지금은 동료나 마찬가지로 되어버린 살막의 살수들을 상대하며 사부 한조산은 그들이 펼치는 현란한 환검을 단번에 잘라 버리는 가르침을 내렸다.

그때의 여러 가르침은 수련을 하는 내내 그 근간이 되었다.

�째애액―

뒤로 물러났던 이한성의 검이 해일처럼 날아들었다.

무지막지한 힘만 실린 단순한 검초 같았지만 절대로 그렇지 않았다.

강렬함 속에 언제 어떤 초식으로도 변할 수 있는 유연함이 녹아 있는 현묘한 검초였다. 그러면서도 변초와 허초의 마디를 한꺼번에 끊어오는 섬뜩한 검초였다.

'어헉!'

내심 경호성을 터뜨린 흑영대주가 검을 비틀며 온 내력을 검신에 쏟아부었다.

콰아앙―

흑영대주의 검에서 묵색 빛줄기가 터져 나왔다.

혼신의 내력을 다해 뿌린 묵혼검기(墨魂劍氣)였다.

'위험해!'

정지연이 두 손을 입으로 가져가며 비명을 삼켰다.

상대와 맞닥뜨린 지척에서 터져 나오는 검기!

펼치는 것도 힘들었지만 막는 것은 더 힘들었다.

강호 경험이 풍부한 노고수라면 모르겠지만 아직 스물도 안 된 이한성에게 치명적이라 생각되었다.

가주 유세천 역시 같은 생각으로 몸을 날렸다.

치치치칭!

마치 수십 개의 횃불이 한꺼번에 켜진 듯 갑자기 사방이 훤해졌다.

마라십이검의 제삼초 벽뢰천운(霹雷穿雲)이 펼쳐지며 터져 나온 검기들이 순간적으로 사방을 훤히 밝혔다.

파파팡—

벽뢰천운의 검기가 흑영대주의 묵혼검기를 한꺼번에 잘라 내며 오히려 흑영대주를 덮쳐갔다.

검으로 쳐 내기에는 너무 빠르고 날카로웠다.

흑영대주가 필사적으로 상체를 틀었다.

"크윽!"

흑영대주가 펼친 것보다 몇 배로 더 강하게 터져 나온 검기에 어깨와 팔이 관통당하며 선혈이 터졌다.

"모두 쳐라!"

땅딸보 복면인이 고함을 질렀다.

휘익—

휙!

뒤로 물러나 있던 복면 사내들이 다시 날아들었다.

흑영대주가 나섬으로 잠시 동안이지만 숨을 돌린 그들은 처음 담을 넘었을 때처럼 팔팔하게 검을 휘둘렀다.

파파파팡—

이한성의 검이 파공음을 토하며 복면인들과 마주쳐 갔다.

"이젠 우리가 나설 차례다!"

가주 유세천이 형제들을 보고 고함을 질렀다.

유세용과 유세진, 유세강이 몸을 날렸다.

그들을 따라 정검대주와 목검대주, 서검대주도 고함을 지르며 달려들었다.

"내 새끼, 내 새끼 세연아!"

연화 대부인이 피를 토하듯 부르짖었다.

살아생전의 유세연이 검을 휘두르는 모습을 본 사람이면 누구나 느끼는 감정을 그녀 역시 느끼고 있었다.

한 자루 검을 들자 막내손자 유세연과 쌍둥이처럼 닮은 이한성의 모습!

그 모습에서 연화 대부인은 유세연의 환영을 보고 있었다.

까까깡—

이한성의 검에 세 자루의 검이 동시에 허공으로 날아올랐다.

강력한 역도에 복면인들의 호구가 찢어지며 검을 놓친 것이다.

파앗!

팟!

유세천의 검이 검을 잃은 두 복면인의 목을 베었다.

푸욱—

유세용의 검도 복면인 하나의 심장을 꿰뚫었다.

“철수하라!”

고함과 함께 땅딸보 복면인이 흑영대주를 들쳐 업고 몸을 날렸다.

다른 복면인 두 명이 그 뒤를 엄호하며 비호처럼 신형을 날렸다.

쌔애애액―

담을 향해 날아가는 흑영대주를 향해 이한성의 검이 무시무시한 속도로 날아갔다.

은하표국에서 화탄을 터뜨리고 도망가는 동창의 당두 조염을 향해 한조산이 펼쳤던 비검술이었다.

파아앗―

땅딸보에게 업힌 흑영대주의 허리가 반 이상 갈라지며 내장이 흘러내렸다. 또한 흑영대주를 업은 땅딸보의 허리도 한 뼘은 갈라졌다.

한 번의 비검술로 두 사람에게 치명상을 입힌 것이다.

흑영대주는 이미 죽은 목숨이었다.

내장마저 잘리는 상처를 입었으니 살아날 수가 없었다.

짐작대로 땅딸보에게 업힌 흑영대주의 목이 뒤로 꺾였다.

그대로 절명한 것이다.

털썩!

땅딸보는 절명한 흑영대주를 바닥으로 버렸다.

살아 있을 때라야 흑영대주로서의 가치가 있지 죽으면 고깃덩어리일 뿐이었다.

아직 고깃덩어리가 되지 않은 산 사람은 살아야 했다.

절명한 흑영대주를 버린 땅딸보 복면인이 필사적으로 담장을 향해 몸을 날렸다.

담장 끝을 박차고 담만 넘으면 살 수 있을 것 같았다.

뒤를 따라 살아남은 두 명의 복면인도 죽어라 몸을 날렸다.

이한성은 회수한 적운검을 등에 꽂고 바닥에 뒹구는 검 한 자루를 차 올렸다.

검이 바람에 날린 낙엽처럼 이한성의 손으로 빨려 들어왔다.

검에 내력을 실은 이한성은 담장을 향해 다시 비검술을 펼쳤다.

콰앙!

복면인들이 담장 끝을 박차기 직전 담장에 부딪친 검이 박살 나며 그 파편들이 복면인들의 신형을 덮쳐갔다.

퍼억!

퍽!

퍼퍽!

검 조각들이 몸을 관통하자 복면인들이 우박 맞은 새떼처럼 바닥으로 떨어져 내렸다.

"크으윽!"

세 명의 복면인이 짐승처럼 바닥을 뒹굴었다.

전신에 박힌 검 조각들이 불에 달군 쇠꼬챙이로 찌르는 듯 지독한 통증을 전해주었다.

"놈들을 생포해라!"

뒤늦게 정신을 차린 서검대주 서철중이 고함을 질렀다.

서검대 무사들이 조심스럽게 좁혀들며 바닥에 뒹구는 세 명의 복면인을 제압하려 했다.

"이런!"

누군가 탄식을 토했다.

어느새 독단을 깨물었는지 세 복면인은 입으로 검은 피를 토했다.

그건 다른 자들 모두 마찬가지였다.

경황 중에는 몰랐는데 큰 부상을 입고도 목숨이 붙어 있던 복면인들은 모두 독단을 깨물고 자결했다.

"지독한 놈들!"

서검대주가 혀를 차며 인상을 찌푸렸다.

생포했으면 뒤를 캘 수가 있었는데 이젠 불가능했다.

놈들이 도주해서 이곳의 상황을 전하지 못하게 했다는 것으로 만족해야 했다.

"후욱―"

이한성이 전장 한가운데 우뚝 서서 천천히 숨을 골랐다.

출관 후 처음으로 벌인 큰 싸움이었다.

역겨운 피비린내와 아수라장의 광경이 질릴 만도 하지만

이한성의 표정은 담담하기만 했다.

자신이 직접 나선 싸움은 이번이 제일 컸지만 이보다 더 참혹한 광경은 은하표국에서, 그리고 살막의 살수들을 상대하며 익히 경험했다.

그때의 경험과 사부 한조산의 혹독한 가르침이 이런 상황에서도 조금도 평정심을 흩뜨리지 않게 해주었다.

"세연아, 내 새끼 세연아……."

연화 대부인이 증손자, 증손녀들의 부축을 받으며 이한성에게로 다가왔다.

대결 후의 담담함도 유세연을 쏙 빼닮은 이한성이었다.

"돌아왔구나, 내 새끼……."

연화 대부인은 갈라지는 목소리와 함께 다가와 이한성의 허리를 부여안고는 통곡성을 터뜨렸다.

"천금 같은 내 새끼, 만금 같은 내 새끼야……."

연화 대부인의 통곡이 한참 동안 이어졌다.

가족들은 물론, 가신 가문 사람들과 가문 무사들도 모두 꼼짝 않고 두 사람을 지켜보고만 있었다.

"그만 고정하십시오, 할머님! 이젠 안으로 들어가시지요."

한참 후에 가주 유세천이 다가와 연화 대부인을 달랬다.

연화 대부인이 고개를 끄덕이며 비로소 이한성을 놓아주었다.

차가운 밤바람을 한참 동안 마셨지만 그녀의 기침은 단 한 번도 터지지 않았다.

'돌아왔구나, 내 아들!'

유현승의 두 눈에서 굵은 눈물이 흘렀다.

목검대주와 서검대주도 젖은 눈으로 이한성을 쳐다보았다.

이한성은 묵묵히 검을 흔들어 검신에 묻은 피를 털어내고는 검갑에 넣었다.

광풍같이 터져 나왔던 기운은 어느새 갈무리된 채 그의 모습에서는 처음 보았던 것처럼 아무것도 읽을 수 없었다.

'꿈이었나?'

정지연이 고개를 흔들었다.

순식간에 심연처럼 가라앉은 이한성의 모습을 보며 지금까지의 모든 일이 착각처럼 느껴졌다.

정지연은 더욱 세차게 고개를 흔들었다.

자욱하게 피어나는 피비린내와 널브러진 시신들이 현실을 일깨웠다.

꿈이 아니라 끔찍한 현실이었다.

그러나 결코 두려운 현실은 아니었다.

그동안 자신의 가문을 감싸고 있던 유검가의 벽이 더욱 두텁게 느껴졌고 조만간 독립을 하더라도 전혀 겁날 게 없을 것 같았다.

정지연은 안도의 한숨을 길게 내쉬었다.

"모두 장내를 정리하고 경계를 철저히 하라!"

정검대주 정사일이 무사들을 향해 고함을 쳤다.

비로소 무사들이 신형을 움직이며 분주히 장내를 정리하기 시작했다.

"들어가서 못다 마신 술을 마셔야지."

유병인이 다가와 이한성의 어깨를 감싸 안으며 말했다.

물씬 풍기는 체취가 왠지 모를 동질감을 느끼게 했다.

"그렇지. 오늘 같은 날은 밤을 새워 마셔야지. 이런 일로 술자리를 파해서야 유씨 가문 자손이 아니지."

유병학도 반대쪽 어깨를 감싸 안으며 말했다.

"우리 몰래 형님들끼리만 술을 마셨단 말입니까?"

다른 가신 가문의 장남 서동진(徐同晉)과 목현오(木鉉悟)가 도끼눈을 하며 다가왔다.

"당연히 자네들도 부르려고 했지. 그렇지 않나?"

유병인이 얼른 정기문에게 구원을 요청했다.

"형님은 몰라도 전 분명히 그러려고 했지요. 그러는 차에 놈들이 나타서… 쩝!"

정기문이 슬쩍 외면을 했다.

"허어― 술 먹으러 갈 때 마음, 먹고 나올 때 마음 다르다더니……."

유병인이 혀를 찼다.

"그 벌로 오늘 술은 모두 형님이 내시는 겁니다."

목현오가 입맛을 다셨다.

피비린내를 씻고 잊어버리는 데는 술이 최고였다.

그리고 오늘 술은 어떤 때보다 맛있을 것 같았다.

"어서 가자!"

유병인과 유병학이 이한성을 이끌고 앞장을 섰다.

유검가의 젊은이 대부분이 그들 뒤를 따라 걸음을 옮겼다.

이한성과 청년들이 술자리로 돌아가는 모습을 지켜보며 유세천은 멍하니 서 있었다.

그의 뇌리가 난마처럼 복잡하게 헝클어졌다.

문득 이한성의 비검술에 허리가 반쯤 잘려 죽어버린 우두머리 복면인의 검에서 언뜻 뻗어 나오던 묵색 기운 한 가닥이 떠올랐다.

자신들의 정체를 숨기기 위해 철저하게 감추었지만 목숨이 경각에 달린 상황에서 펼친 그 묵빛 검기는 잊히지 않았다.

이제껏 본 적이 없는 사이한 검기였다.

자신들의 내력을 철저히 감춘 검기였다. 그래서 색감에서도 아무런 특징이 드러나지 않는 묵빛이었다.

만약 그 검기가 실린 검이 사람의 심장을 관통한다면?

심장에 아무런 특징도 남기지 않고 구멍만 낼 수 있을 것 같았다.

죽은 그자의 검은 그럴 경지가 아니었지만 몇 단계 더 높은 성취를 이룬 자라면?

유세천의 손이 덜덜 떨렸다.

막냇동생 유세연의 심장에 뚫린 구멍!

그 구멍은 저런 검기가 꿰뚫은 것이 확실했다.

아직은 아무것도 확신할 수 없지만 한 가닥 단서를 잡은 것 같았다.

'이것도 운명인가?

그동안 그렇게 애를 써도 동생 세연의 가슴에 검을 박은 흉수를 찾을 수 없었다.

그런데 그의 핏줄이 극강의 고수가 되어 찾아온 지금 한가닥 단서를 잡았다.

유세천은 문득 고개를 들을 하늘을 쳐다보았다.

하늘에서 동생 유세연이 내려다보고 있는 것 같았다. 그가 아들을 이리로 보낸 것 같았다.

유세천의 손이 더욱 심하게 떨렸다.

꾸욱―

유세천은 피가 나도록 주먹을 움켜쥐었다.

가슴에 맺힌 한을 풀 기회가 한꺼번에 온 것 같았다.

"놈들의 시신을 샅샅이 뒤져 정체를 알 만한 것을 찾아라."

상념에서 깨어난 유세천이 고함을 질렀다.

"속옷까지 모두 뒤졌지만 아무것도 찾을 수 없었습니다. 가지고 온 검도 평범한 청강검입니다."

유세진이 고개를 흔들며 다가왔다.

'이놈들! 이젠 기필코… 원한을 갚을 것이다.'

유세천은 세차게 입술을 깨물었다.

第四十二章
구원의 정도(久度)

처음에는 이한성까지 다섯 명이었다가 정기문 남매가 끼어들며 일곱 명으로 시작한 술자리가 한바탕 혈풍이 지나가고 나서는 수십 명으로 인원이 불어났다.

아마도 술을 마셔도 될 나이가 된 청년들은 모두 참석한 것 같았다.

생전처음 당하는 가문 안에서 벌어진 참극에 놀란 마음을 술로 달래며 피 냄새를 씻고 싶은 것이 첫 번째 이유였다. 두 번째로는 유세연의 혈육인 이한성에 대한 지독한 궁금증 때문이었다.

가문의 무공도 익히지 못한 채 산골에서 살다가 열네 살 이

후부터는 고아로 떠돌며 몇 수 익힌 뜨내기인 줄 알았다.

그러나 막상 검을 들고 휘두르자 광풍이었고 노도였다.

가주 유세천마저도 그 광풍노도는 막을 수 없을 것 같았다.

정주유검가 최고기재였던 부친의 재능을 잇지 못한 불행한 핏줄이라 생각했는데 그는 오히려 부친을 능가하고 있었다.

역시 핏줄은 속일 수 없다는 그 가슴 벅찬 사실이 주량의 몇 배나 되는 술을 요구했다.

"형님! 대체 어디서 그런 무시무시한 검을 익혔습니까?"

새로 펼쳐진 술자리에서 서동진이 혀 꼬부라진 목소리로 말했다.

그는 정지연과 동갑인 열여덟으로 이한성을 금방 형님이라고 부르며 거리를 좁혔다.

붙임성이 좋은 그였지만 술은 약해서 몇 잔 마시자 벌써 홍알거리고 있었다.

발음도 정확하지 않은 서동진의 질문이었지만 모두 그것이 제일 궁금했기에 술잔을 들이켜면서도 귀를 쫑긋 세웠다.

"사부님에게서."

이한성이 짤막하게 답했다.

"사부님의 존성대명은 어찌 되시는가요?"

정지연도 눈을 반짝거리며 다가앉았다.

"조한산."

이한성은 사진혜가 지어준 사부의 새 이름을 밝혔다.

"별호는?"

유병학이 고개를 갸웃거리며 물었다.

그 역시 그런 이름은 들어 본 적이 없었기 때문이다.

"청산거사님이라고 불렀습니다."

별호 역시 사진혜가 지어준 대로 밝히며 이한성은 그녀의 탁월한 재치에 재삼 감탄했다.

진성무관에서와 마찬가지로 사진혜가 지어준 사부의 새로운 별호와 함자는 그 이후의 잡다한 질문들을 깔끔하게 차단했다.

모두 청산거사 조한산이라는 별호와 이름을 떠올리려고 애를 썼지만 오리무중이었다.

"누군지 아시는 분이면 좋겠지만 은거기인 중의 한 분이 틀림없군. 진정한 고수는 그런 사람 중에 있는 법이지. 언젠간 뵙게도 되겠지. 그러니 오늘은 술이나 실컷 마시자구."

유병인이 아쉬운 입맛을 다시며 술잔을 높이 들어 올렸다.

다른 사람들도 아쉬운 표정을 지우며 술잔을 들었다.

"그런데 열네 살 이후부터 무공을 익혔다고 들었는데 어떻게 그런 수준에 도달했나요?"

정지연이 새로운 의문을 들고 나왔다.

천고의 기재라 할지라도 그건 어려웠다.

기초도 없는 상태에서 겨우 오 년 남짓한 시간에 그런 고수가 된다는 건 자신의 상식으로는 도저히 이해가 안 되는 일이었다.

"그건 지연이 말이 맞아. 날 때부터 무공을 익혔더라도 힘든 일인데……."

유병수도 고개를 끄덕이며 맞장구를 쳤다.

자신이라면 날 때부터 지금까지 수련했다고 하더라도 불가능한 일이었다.

"하루에도 몇 번씩 죽음을 의식했습니다."

이한성이 담담하게 답했다.

물론 그런 수련에 더해 기의 흐름을 세세하게 읽는 또 하나의 눈과, 단전에 어린 엄청난 기운이 있었기에 가능했지만 이 자리에서 그것까지 밝힐 수는 없었다.

이한성의 답변에 술자리가 일순 조용해졌다.

죽음을 의식할 정도로 수련을 한다는 것!

모든 수련자의 꿈이지만 반면 절대로 하고 쉽지 않은 일이기도 했다.

이제껏 그런 수련을 한 적이 있었던가?

대부분 한 번도 그런 적이 없었다.

그 직전까지는 가보았지만 이렇게 죽는구나 하는 느낌은 받지 못했다.

그런데 그런 느낌을 하루에도 몇 번씩 받았다면?

정말 그랬다면 저런 무위도 가능할 것이라는 생각이 들었다.

그리고 조금도 과장을 하는 것 같지가 않았다.

말수가 적은 이한성이었기에 오히려 하루에 몇 번이 아니라 수십 번이라 해도 믿을 수 있었다.

"그렇군. 역시 핏줄은 못 속여."

유병인이 활짝 웃으며 이한성의 어깨를 두드렸다.

그의 얼굴에 숨길 수 없는 자부심이 넘쳐흘렀다.

"부럽다면 자네들도 하루에 몇 번씩 죽음을 의식할 정도로 수련을 해보게."

유병인이 모두를 둘러보며 근엄한 음성으로 말했다.

그런 수련은 선천적 재질이나 무공 종류의 문제가 아니었다.

절세의 비급과 일대종사를 모시고 수련을 한다고 해도 안 되는 사람은 안 되는 법이다.

물론 그것도 자질이라면 자질이리라.

어쩌면 무공을 익히는 데 가장 큰 자질일 것이다.

"전 사양하겠습니다. 아니, 하고 싶어도 그런 순간이 오면 참아내지 못하고 죽을 것 같습니다."

정기문의 바로 아래 동생 정기호가 고개를 절레절레 흔들었다.

형과 달리 선한 인상의 그는 죽어도 그런 수련은 못할 것 같았다.

딱!

정기문이 동생의 뒤통수를 때렸다.

"시도나 해보고 말해라."

정기문의 눈매가 날카로워졌다.

"아— 왜 폭력을 씁니까. 시도 해보나 마나 마찬가진
걸……."

정기호가 온 인상을 찌푸리며 목소리를 높였다.

"쯧쯧!"

정기문이 혀를 찼다.

그러면서도 자신 역시 그런 수련을 해보지 못함에 속으로
탄식을 삼켰다.

숨이 턱밑까지 차서 쓰러질 것 같다는 생각이 들 때까지는
해보았지만 쓰러진 적은 없었다.

그렇게 되면 주화입마나 다른 후유증이 따를 것 같아 직전
에 주저앉았다.

하지만 그 정도까지 했다는 것도 큰 자부심을 안겨주었고
그런 후면 적지 않은 성취가 따랐다.

그걸 알면서도 자주 하진 못했다. 아니, 하고 싶어도 쉽게
되지 않았다.

그건 지독한 스승을 모시고 사생결단의 상황에서나 가능
한 일이지 일상 속에서 웃고 떠들며 지내는 보통 사람들로는
불가능한 일이었다.

'그래도 안 되는 사람은 안 되겠지.'

정기문은 속으로 긴 한숨을 삼켰다.

자신 역시 동생처럼 해보나 마나 안 되는 사람의 한 명인 것 같아 마음이 무거웠다.

"왜 그러나, 친구. 벌써 주량이 넘치는 건가?"

술이 취해 숨이 가빠 한숨을 쉰다고 생각한 유병학이 빙글거리며 불쑥 잔을 내밀었다.

"자— 한 잔 더 하면 괜찮아질 거야."

유병학이 잔을 채웠다.

"백 잔을 더 해도 안 될걸."

정기문이 자조적인 목소리와 함께 연거푸 잔을 비웠다.

"정말 잘 왔어. 내 술 한 잔도 받아."

목검대주의 장녀 목인화(木認花)가 이한성에게 잔을 내밀었다.

이한성과 같은 나이인 올해 열아홉 살인 그녀는 목씨가의 장남을 대신하여 가문의 번영에 온 힘을 다 쏟는 열혈의 여인이었다.

정씨 가문이 독립을 하면 목씨가가 그 자리를 대신하며 힘을 키워가야 한다.

그렇게 십 년만 지나면 정씨 가문처럼 독립도 가능할 것 같았다.

어쩌면 이한성으로 인해 그 기간이 더 짧아질 수도 있었다.

"난 목인화라고 해. 저기서 술 마시는 저 녀석이 내 동생이

자 우리 집 장남이고……."

목인화가 술을 따르며 고갯짓으로 동생을 가리켰다.

동생 목현석(木現錫)은 이제 열여섯으로 여기 모인 청년 중에서는 나이가 제일 어렸다. 그리고 몸집 역시 또래보다 작아보였다.

아직 다 성장하지 않은 나이였기에 걱정은 덜했지만 정씨가의 장남 정기문은 그 나이에 동생보다 한 뼘은 더 컸었다.

그것이 목인화의 가장 큰 아쉬움이고 근심이었다.

"말 편하게 해도 되겠지?"

이미 그러고 있었지만 이한성에게서 풍기는 바위 같은 기운이 부담스러웠는지 목인화는 뒤늦게 양해를 구했다.

이한성은 묵묵히 고개를 끄덕였다.

아까 소개받을 때 얼핏 동갑이라 들은 것 같았다.

"앞으로 내 동생 잘 부탁해. 덩치도 작고 여린 구석이 많아서 걱정이야. 네 반만 닮았어도 좋을 텐데……."

목인화는 계속해서 동생을 쳐다보았다.

이한성이 한 번이라도 더 쳐다봐 주기를 바라는 모습이었다.

이한성은 아무런 대답 없이 술만 마셨다.

무인으로서 누군가의 장래를 부탁받고 할 처지가 아니었다.

설사 그렇다 치더라도 지금은 모든 것이 너무 갑작스러웠다.

“언니 술이 그런 뜻이었어?”

정지연이 다가오며 혀 꼬인 소리로 말했다.

많이 마셨는지 술 냄새가 제법 풍겼다.

“이런 자리에서도 가문의 번영만 생각하다니… 언닌 너무 정치적이야.”

정지연이 입바른 소리를 했다.

아마도 술기운을 빌어 평소 하고 싶은 소리를 하는 것 같았다. 그러면서도 그녀는 조심스럽게 목인화의 눈치를 살폈다.

“인정해.”

정지연의 우려와는 달리 목인화가 선선히 고개를 끄덕였다.

“난 너처럼 오빠가 없잖아. 셋이 아니라 하나만 있어도 안 그럴 거야.”

목인화의 솔직한 말에 정지연이 잠시 굳은 표정을 하다가 환한 미소를 지었다.

“나도 인정! 나도 오빠 없는 장녀였다면 언니보다 더할 거야.”

정지연이 호쾌한 동작으로 술잔을 내밀었다.

“우리 서로 인정하는 의미에서 건배!”

두 여인이 큰 고함을 지르며 잔을 부딪쳤다.

밤이 훌쩍 지나고 새벽이 깊어갔지만 정주유검가의 술자리는 끝나지 않았다.

날이 어스름하게 밝아올 즈음에도 제일 처음 술자리에 모였던 다섯은 남아서 술을 마셨다.

이한성은 여전히 처음의 자세 그대로 앉아 술을 마셨다.

내공을 이용해 술기운을 밀어내지 않았기에 취기가 머리 꼭대기까지 차올랐지만 마음만 먹는다면 사흘 밤낮이라도 같은 자세로 견딜 수 있었다.

음풍장에서의 죽음의 수련에 비하면 이런 정도는 조족지혈에 불과했다.

“너… 저, 정말… 딸꾹! 술꾼이다. 내가… 졌다.”

유병인이 제일 먼저 항복을 하며 무너졌다.

그를 따라 유병민과 유병수가 쓰러졌고 잠시 후 유병학도 풀린 눈으로 뒤로 넘어갔다.

네 사람이 쓰러진 후 이한성은 천천히 몸을 일으켰다.

취기에 땅이 흔들렸지만 정신은 조금도 흐트러지지 않았다.

이한성은 자신의 처소로 신형을 옮겼다.

이젠 더 이상 취하는 것은 무의미했기에 내력으로 술기운을 몰아낼 생각이었다.

자신의 방으로 들어온 이한성은 가부좌를 틀었다.

천천히 호흡을 이끌며 현천심공을 운기했다.

우우웅―

단전에 있던 내력이 기혈을 질주하며 몸속의 탁기를 빠르게 몰아냈다.

익힐 때는 창자를 끊어내는 것처럼 힘들지만 제대로 익히고 나면 어떤 심법보다 심오하고 탁월한 능력을 발휘하는 현천심공이었다.

아무리 심각한 내상이라도 현천심공을 운기할 기력만 남아 있으면 금세 치유되었고 단 몇 번의 운기만으로도 빠르게 내력이 회복되었다.

또한 심공의 수련을 거듭할수록 그 운기의 속도와 능력은 증대되었다.

"후흡―"

긴 날숨과 함께 이한성은 가부좌를 풀었다.

세 번의 일주천으로 몸속의 모든 술기운과 피로가 완전히 사라지며 저녁 일찍 잠자리에 들어 아침까지 푹 잔 것처럼 몸이 가뿐했다.

처음에는 열 번은 거듭하여야 이런 효력을 볼 수가 있었다.

그러던 것이 수련의 정도가 깊어지자 다섯 번이면 가능했다.

그리고 지금은 단 세 번으로 밤새 마신 술기운과 피로가 완전히 풀렸다.

좀 더 수련이 깊어지면 한 번의 일주천만으로도 지금과 같은 효력을 볼 수 있을 것이다. 또한 일주천의 속도 역시 점점 더 짧아질 것이다.

그 수련이 궁극에 이르면 대결 중의 짧은 틈에도 가능하다고 했다.

그런 경지는 따로 운기할 필요가 없는, 언제 어떤 순간이라도 무궁무진하게 진기가 솟아오르는 천인합일의 경지일 것이다.

사부님의 사부이신 운봉 사조님은 아마도 그런 경지에 이르렀을 것이다. 또한 사부께서 가장 많이 칭찬하신 첫 번째 사제이자 현 현천검문 문주이신 청하검 사숙 역시 그런 경지에 도달해 있을 가망성이 높았다.

자신은 언제쯤 그런 경지가 가능할까?

열 번에서 다섯 번으로 줄이는 것보다 다섯 번에서 네 번으로 줄이는 것이 훨씬 힘들었다.

그리고 또 네 번에서 세 번으로 줄이는 것은 앞서의 과정을 모두 합친 것보다 더 힘들었다.

그렇다면 세 번에서 두 번으로 줄이고, 또 한 번으로 줄이는 것은 앞서보다 몇 배는 더 힘들 것이다.

어쩌면 그런 경지는 영원히 못 가볼지도 모른다.

구성에서 십성, 그리고 십이성의 대성 역시 그런 식이리라.

사부 한조산은 진정 그런 경지에 오르고 싶거든 현천검문의 문도들을 만나라고 했다. 그래야만 가능하다고…….

그건 아마도 먼 훗날이 될 것이고 지금은 개방 총단으로 가서 장로 홍면신개(紅面神丐)를 만나야 했다.

예정보다 하루가 늦어졌지만 약속을 정하고 움직이는 길이 아니었기에 상관없었다.

문제는 연화 대부인, 아니, 증조할머니였다.

아직은 그 호칭이 무척이나 어색했지만 그녀는 당분간 자신과 절대로 떨어지지 않으려 할 것이다.

그렇다고 아무 말 없이 훌쩍 떠날 수도 없었다.

잠시 생각에 잠겼던 이한성은 천천히 옷을 갈아입었다.

"며칠만이라도 더 머무르면 안 되겠느냐?"

가주 유세천이 당혹스런 눈으로 이한성을 쳐다보며 말했다.

검을 허리에 차고 단정하게 경장을 차려입은 모습은 밤새워 술을 마신 흔적은 조금도 남아 있지 않았다. 또한 당장이라도 경공을 펼쳐 몸을 날릴 것 같은 단호함이 엿보였다.

이런 사람들은 누가 말린다고 해서 고분고분 듣는 유형이 아니다.

그건 알지만 이렇게 갑작스럽게 보낸다면 할머니께서 쓰러질지도 모를 일이다.

"벌써 많이 지체되었습니다."

이한성이 담담하게 말했다. 그러나 절대로 뜻을 굽히지 않을 단호함이 엿보였다.

그런 단호함과 고집이 없었다면 단 몇 년 사이에 그런 경지에 오르지도 못했을 것이다.

"할머님이 쓰러질지도 모른다."

유세천이 마지막 패를 꺼냈다.

"가주님께서 잘 말씀드려 주십시오."

이한성은 여전히 담담하게 말했다.

"가주님이라……."

유세천이 이한성이 말한 호칭을 읊조렸다.

이 자리는 공식석상도 아닌, 둘만 있는 사석이었다.

그런데도 가주님이라니?

"백부님이라고 불러야 하는 것이 아니냐?"

유세천의 눈이 깊어졌다.

이한성은 아무 대답이 없었다.

"아직 생소한 것이냐, 아니면 마음에서 우러나지 않는 것이냐?"

유세천이 다시 물었다.

"혈육은 어머니뿐이라고 생각하며 너무 오래 혼자 살았습니다."

잠시 후 이한성이 답했다.

"그 마음은 이해한다. 하지만 이제 넌 우리 혈육이다. 네가 절대로 못 믿겠다고 소리쳐도 네 아버지를 아는 사람이라면 네가 그의 아들이라는 것을 의심할 사람은 이젠 단 한 명도 없을 것이다. 네 싸우는 모습을 보고 네 아버지를 아는 사람은 모두 눈물을 흘렸다. 가문의 무공을 펼치지도 않았지만 노도처럼, 바람처럼 검을 휘두르는 모습이 네 아버지와 너무 닮아서 마치 그가 살아 돌아와서 검을 휘두르는 것 같은 착각이 들었으니까."

유세천의 눈에 습기가 어렸다.

눈물을 흘리는 모습을 보이지 않으려는지 그는 천천히 고개를 돌렸다.

'그래서였나?'

이한성은 복면인들을 모두 처치한 후 연화 대부인이 자신의 허리를 안고 통곡하던, 그리고 유현승이 두 줄기 굵은 눈물을 흘리던 모습을 떠올렸다.

그러고 보니 정검대주 정사일이나 목검대주 목진열도 그런 것 같았다.

그때는 가문의 위기를 무사히 넘긴 안도의 눈물이라 생각했는데 자신이 검을 휘두르는 모습을 보고 그 사내를 떠올리며 그랬단 말인가?

어머니를 생각하면 유세연이란 사람이 아버지라는 데 대해서는 추호도 의심하지 않았다.

하지만 자신이 검을 휘두르는 모습이 그 사내를 그렇게 닮았을 줄은 몰랐다.

'아버지라……'

이한성은 속으로 아버지란 단어를 읊조려 보았다.

어머니 입을 통해서도 들어본 적이 없는 단어였다.

그래서 절대로 입 밖으로 내어서는 안 되는 단어인 줄 알았다.

어머니의 한이 고스란히 느껴졌다.

아버지의 존재를 가르쳐 주는 순간 어머니는 자신의 운명이 아들에게 전이될 것이라 생각했을 것이다. 그럴 바에는 차라리 아비 없는 자식으로 키우는 것이 나을 것이라 생각하며 그렇게 키웠으리라.

아버지가 끝내 돌아오지 않자 어머니는 버림받았다고 생각했을지도 몰랐다. 그래서 자신의 성을 유씨로 하지 않은 것 같았다.

'어머니… 당신은 절대 버림받은 게 아닙니다.'

어머니를 생각하자 아버지를 죽인 자들에 대한 분노가 다시 솟구쳤다.

그 분노가 이젠 살기로 증폭되는 것도 같았다.

이한성은 들끓어 오르는 감정을 속으로 삼켰다.

"돌아와서는 그렇게… 부르겠습니다."

이한성이 고개를 숙인 후 등을 돌렸다.

"되도록 빨리 돌아오너라. 할머님 성화는 어떻게든 내가 감수할 테니."

유세천의 목소리가 긴 한숨과 함께 흘러나왔다.

"그리고……."

유세천이 조심스런 표정으로 이한성을 쳐다보았다.

"말씀하십시오."

이한성이 유세천의 눈을 마주했다.

"아까 그놈들 중, 우두머리였던 놈……."

유세천은 설명을 하려다 입을 다물었다.

아직은 확실한 것도 아니고 확실하다고 하더라도 이한성에게 알려줄 때도 아니었다.

너무 갑작스런 혈육과 가문!

아직은 아버지가 있었다는 사실마저도 실감하지 못하는 이한성에게 부친을 죽인 흉수들에 대해 논의한다는 것은 시기상조였다.

지금은 혼자만 가슴에 품고 있다가 좀 더 시간이 지나고, 좀 더 확실해졌을 때 말하는 것이 나았다.

"아니다. 돌아오면 그때 얘기하자꾸나. 가보거라!"

유세천이 고개를 저었다.

"그럼!"

이한성이 고개를 숙인 후 등을 돌렸다.

第四十二章

“콜록! 콜록!”

내장을 토해내는 듯한 심한 기침이 중년 여인의 입에서 터
져 나왔다.

기침과 함께한 종지는 됨직한 선혈이 같이 흘러나왔다.

중증 폐병의 전형적인 증상이었다.

이 정도면 백약이 무효했고 숨을 쉬는 것조차 힘들 것이다.

“콜록! 콜록!”

중년 여인이 다시 심한 기침을 했고 선혈도 같이 튀었다.

산발한 머리에 종잇장처럼 창백한 여인의 얼굴은 금방이
라도 생명의 불길이 꺼질 것 같았다.

"물이라도 좀 마시거라."

중년 여인을 바라보던 사내가 안타까움이 가득한 얼굴로 물을 권했지만 여인은 고개를 흔들었다.

이런 발작적인 기침에는 물도 소용없었다.

오히려 물을 마시면 더 심해졌다.

창자까지 토할 만큼 기침을 하고 나면 나중에는 더 이상 기침을 토할 기력마저 소진되어 멈춰졌다.

그때까지는 어떤 것도 소용이 없었다.

"콜록! 콜록!"

한참을 더 기침을 토하던 여인이 기진맥진한 채 쓰러졌다.

상체는 이따금씩 들썩거렸지만 기력이 소진되어 기침으로 터져 나오지는 못했다.

이때가 여인의 유일한 휴식시간이었다.

여인의 이름은 오필금(吳必錦)이었다.

어려서부터 폐가 약해 조금만 날씨가 추워도 기침을 심하게 하여 가을바람이 불기 시작하면서부터 봄이 완전히 무르익을 때까지는 방 안에서만 살다시피 했다.

그래도 한 해에 몇 번은 심한 감기에 걸려 반쯤 죽다 살았다.

다행히 하늘같은 오라버니가 있어 갖은 약을 다 구해와 성인이 되었을 때는 거의 다 나았다시피 좋아져서 시집도 가고 아이도 넷이나 낳았다.

그런데 사십이 가까워지고 가난에 시달리며 몸이 허약해지자 어릴 때의 그 병이 다시 도졌다.

하지만 그때는 오라버니도 곁에 없었고 남편도 돈벌이를 위해 타지로 떠돌아 일 년에 세 번 보기도 힘들었다.

결국 그녀는 약 한 첩 써보지 못하고 몇 년 동안 병을 키울 수밖에 없었다.

작년 겨울부터는 기침이 예전보다 훨씬 심해지더니 올해는 여름에도 기침이 그치지 않았다.

초가을의 바람이 불어오는 지금 그녀는 죽음을 의식했다.

죽기 전에 오라버니를 한 번이라도 보고 싶었다.

출가한 이후 두 번밖에 못 본 오라버니라 더욱 그랬다.

임종에 가까워졌다는 소식에 떠돌이 낭인이던 오라버니는 한달음에 달려왔다.

이렇게 쉽게 만날 수 있는데 여태까지 왜 그렇게 못 보았을까?

오라버니 탓도 있었고 자신 탓도 있었다.

오라버니가 한 곳에 정착하며 사는 사람이 아니라 그간 소식을 전하고 싶어도 전할 수가 없었다.

그것은 오라버니 탓이었다.

그리고 자신 탓은 넉넉하지 못한 살림, 아니, 겨우 입에 풀칠만 하는 생활을 오라버니에게 보이고 싶지 않았다.

그래서 임종이 가까워진 지금에서야 만날 수 있었다.

"필금아……."

그녀의 오라버니 생사혈검 오필만이 탄식을 터뜨렸다.

어떻게 이렇게 될 때까지 연락 한 번 없었단 말인가?

그렇게 생각하던 그는 눈을 질끈 감았다.

실전검을 익히느라 온 세상을 바람처럼 떠돌았다.

살수를 풀었다 하더라도 그때는 자신을 찾을 수 없었을 것이다.

최근 겨우 이름을 얻어 연락이 가능했으리라.

"필금아, 이 불쌍한 것!"

오필만의 두 눈에 눈물이 흘러내렸다.

수십 년 만에 처음으로 흘리는 눈물이었다.

칼에 허리가 잘려 창자가 보일 정도의 상처를 입어도 흐르지 않던 눈물이 지금은 내를 이루어 흘러내리고 있었다.

어릴 때 아버지가 돌아가셔서 동생 오필금은 아버지 얼굴도 기억 못한다. 그래서 오필만이 아버지 노릇을 대신하며 업어 키웠다.

약하던 몸이 다행히 건강해지고 시집가서 잘 사는 줄 알았다.

그런데 이런 날벼락이라니?

오필만은 동생의 등에 손을 대고 조심스럽게 진기를 불어넣었다.

"콜록! 콜록!"

오필금이 다시 자지러지듯 기침을 토했다.

기침할 기력도 없어 잠시 멎었던 것이 오필만이 진기를 흘려 넣음과 함께 다시 터져 나온 것이다.

지금 상태에서 오필만이 불어넣는 진기는 오히려 독이 되었다.

마치 너무 약한 불은 살리겠다고 바람을 불어넣으면 오히려 꺼져 버리는 것과 마찬가지였다.

오필만은 입술을 씹었다.

검에 있어서는 이제 제법 만족할 만한 성취를 이루었지만 그것이 지금 이 순간에는 아무런 소용이 없었다.

고수란 명성도, 생사혈검이란 별호도 동생을 살리는 데는 아무런 도움이 되지 못했다.

한참 더 기침을 토하던 동생이 다시 지쳐 쓰러진 것을 보며 오필만은 밖으로 나왔다.

조카들은 제각각 돈을 벌기 위해 밖으로 나가 집 안은 적막하기만 했다.

“차라리 의술을 익힐걸……. 동생 하나 살리지 못하는 이 검이 아무리 날카롭다 한들 무슨 소용인가.”

오필만은 원망스러운 눈으로 허리에 걸린 검을 쳐다보며 탄식을 토했다.

처음으로 자신이 검을 익혔다는 사실이 후회되었다.

검을 익히느라 세상 곳곳을 떠돌지 않고 동생을 자주 찾아보았더라면 이렇게 되지 않을 수도 있었을 것이다.

"내가 죄가 많아서야. 내 검에 베어진 사람들의 원한이 동생에게로 향한 모양이야."

고개를 숙인 오필만의 입에서 자책이 터졌다.

"그렇다면 강호 모든 고수의 동생은 폐병 환자겠구려."

울타리 뒤에서 굵직한 목소리가 들렸다.

지나가는 사람인 줄 알았는데 그게 아닌 모양이었다.

오필만은 천천히 고개를 들었다.

사십대 중반쯤으로 보이는 사내였다.

유생건을 머리에 두른 모습이 제법 단정해 보였다.

"누군가?"

마음 약한 오라버니의 모습에서 생사혈검으로 돌아온 오필만이 차가운 목소리로 물었다.

"지나가던 과객인데 누이에 대한 형장의 마음이 너무 애잔해서 자연히 발길을 멈추게 하는구려."

"개소리!"

오필만의 검이 어느새 사내의 목에 닿아 있었다.

선자불래(善者不來) 내자불선(來者不善)!

선한 자는 찾아오지 않고 찾아오는 사람은 절대 선하지 않다.

강호 생활을 하며 가장 절실히 느낀 말이었다.

찌이잉—

오필만의 검에서 시린 예기가 뻗어 나왔다.

그러나 사내는 조금도 당황하거나 동요하지 않았다.

만만치 않은 고수라는 얘기다.

"나에게 당신 동생을 살릴 방법이 있소만."

사내는 태연하게 말했다.

오필만의 눈이 날카로워졌다.

역시 사내는 목적이 있어 찾아온 것이다.

아마도 그 조건의 대가로 자신의 검을 원할 것이 분명했다. 그리고 사내가 제시한 조건은 절대로 거절할 수 없을 것 같았다.

"말해봐!"

오필만이 여전히 차갑게 말했다.

"검이 목에 닿아 있으면 말이 잘 안 나오는 체질이라……."

말과 달리 사내는 잘도 느물거렸다.

오필만은 사내의 목에 겨눈 검을 거두었다. 그리고는 검 대신 눈빛으로 사내를 위협했다.

"산동제일의라고 들어본 적이 있소?"

사내가 불쑥 말했다.

"산동제일의?"

물론 들어본 적이 없다.

이곳은 산동도 아니고, 산동이라 하더라도 사람을 죽이는 방법을 연구하는 데 온 힘을 기울이느라 사람을 살리는 데는 관심이 없었다. 하지만 한 성을 대표하는 의원이라면 명의를 뛰어넘어 신의에 가까울 것이라는 짐작은 가능했다.

"그가 이곳 허창에 있소."

사내의 대답에 오필만의 눈이 번쩍 빛을 발했다.

"머무는 곳이 어딘가?"

"그것만 알면 동생을 살릴 수 있겠소?"

사내가 여전히 느물거렸다.

"그건……."

오필만은 대답을 하지 못했다.

동생의 병은 백약이 무효한 중병이다.

지금 당장 숨이 끊어지지 않을까 걱정될 정도로 위중하다.

그런 동생을 살리려면 아무리 신의라도 엄청난 노력과 진귀한 약재가 필요할 것이다.

아마도 천년하수오나 그에 버금가는 영약이 있어야만 가능할 것이다.

그런 영약들은 한 뿌리 가격이 만 냥도 넘는다.

한데 자신이 가진 돈이라고는 백 냥도 채 안 된다.

놈은 자신이 검을 휘둘러 만 냥짜리 일을 해달라는 것이다.

"내가 할 일은?"

오필만은 단도직입적으로 물었다.

"역시 생사혈검이오."

핵심을 찌르는 오필만의 말에 사내가 감탄을 했다.

"얼마 동안만 우리 장현방의 빈객으로 몇 번 일을 거들어
주면 동생은 살아날 것이오."

장현방 총사 구일준은 빙긋 웃으며 말했다.

진성무관을 무너뜨리고 그곳에 있는 산동제일의 천호연을
끌고 와 오필만의 동생을 살려낸다.

그 과정에서 필요한 영약들은 진성무관의 금고에 있는 돈
이나 창고의 재화로 보충한다.

그 창고에 필요한 영약들이 있다면 금상첨화다.

모두 전리품으로 해결되며 장현방은 단 한 푼도 쓸 필요가
없다.

이것이 바로 손 안 대고 코풀기다.

이번 일만 성공하면 조직에서는 그간의 실수를 깨끗이 지
우고 상을 내릴지도 모른다.

"따라오시오."

구일준은 만족한 미소를 지으며 앞장을 섰다.

＊　　　＊　　　＊

작년에 환갑을 넘긴 개방 장로 홍면신개는 그 별호에서 알
수 있듯이 얼굴이 사과처럼 붉었다.

원래 좀 붉은 얼굴로 태어난 때문이기도 했지만 개방도가
되고나서 술을 많이 마신 것이 가장 큰 이유였다.

그는 하루라도 술을 마시지 않으면 목에 가시가 걸리는 체질이었다.

젊은 시절, 사부가 아무리 말려도 술에 대한 그의 사랑은 변함이 없었다.

술과 개방 둘 중 하나를 택하라면 그는 촌각의 망설임도 없이 술을 택할 사람이었다.

나중에는 사부도 포기하고 술에 대한 그의 무한한 사랑을 허락했다.

그렇게 되자 그는 더욱 적극적으로 술을 사랑하며 무공도 술에 관한 것만 익혔다.

현재 홍면신개의 독문무공은 주정신공(酒精神功)이었다.

술을 마시고 그 주정을 단전에 차곡차곡 모았다가 모공을 통해 뿜어내는 그의 주정신공은 독공이 아니면서도 그 어떤 독공보다 강했다.

홍면신개가 뿜어내는 주정에는 오십 년에 가까운 술기운이 응축되어 있어 보통 사람이 그 주정에 휩싸이면 순식간에 술에 취에 사흘은 비틀거려야 했고, 술이 약한 사람은 아예 혼수상태에 빠져 영원히 깨어나지 못할 수도 있었다.

일류고수라 해도 제대로 당하면 일각은 만취상태에 빠져 제대로 움직일 수 없었다.

그래서 독공이 아니면서도 어떤 독공보다 고강한 수법이 홍면신개의 주정신공이었다.

홍면신개의 주정신공은 현재 십성이 이르러 있었다.

대성을 이루면 무색무취로 뿜어져 절정고수라도 그가 주정신공을 펼쳤는지 알아채지도 못하고 당하게 된다. 하지만 지금은 무색이기는 하나 무취의 수준에는 이르지 못해 주정신공을 펼치면 심한 술 냄새가 난다는 것이다.

그것만으로도 웬만한 고수는 즉석에서 당하지만 절정고수들은 술 냄새가 풍기는 순간 멀리 물러서서 내력을 끌어올리면 해독이 가능했다.

독공으로 따지면 무형지독이나 마찬가지인 대성에 이르기 위해서는 보통의 술은 만 병을 마셔야 하고 만년설삼 같은 영약으로 담은 술이라도 백 병은 마셔야 했다.

영약으로 담은 술은 그것이 술에 녹아 제대로 효력을 발휘하려면 수십 년은 땅에 묻어 놓아야 하니 아예 불가능했다. 그래서 그는 보통 술 만 병을 마셔 대성에 이르는 길을 찾고자 오늘도 매진하고 있었다.

"커어— 역시 술은 낮술이야. 낮에 마시는 술의 묘미를 아는 사람이 진정한 술꾼이야."

홍면신개는 낮술을 들이켜며 혼자서 주도(酒道)에 대해 논했다.

그의 주도는 그때그때 달랐다.

새벽에 마실 때는 새벽 술이 최고였고, 밤에 마시면 밤술이 최고였다.

물론, 지금은 낮술이 최고였고…….

"끄윽!"

한꺼번에 세 병을 연달아 들이켠 홍면신개는 긴 트림과 함께 잠시 호흡을 골랐다.

반쯤 풀렸던 그의 눈이 긴 날숨과 함께 반짝하고 빛을 토했다.

스스스—

홍면신개의 모공을 통해 술 냄새가 피어올랐다.

그의 독문무공인 주정신공이 펼쳐진 것이다.

이렇게 술을 마시며 펼치면 절정고수라 하더라도 술 냄새와 구별이 불가능했다.

"후으읍—"

홍면신개가 다시 호흡을 골랐다.

처음에는 선명하게 느껴지던 냄새가 아주 짧은 순간 사라졌다.

그러나 그 순간은 극히 짧았고 다시 지독한 술 냄새가 피어올랐다.

처음부터 무색무취로 뿜어내는 대성을 이루려면 하직 한참 멀었다는 말이다.

"쯧! 이럴 줄 알았다면 젊은 시절 영약이란 영약은 다 쓸어 모아 술로 담아 놓을걸."

홍면신개는 아쉬움의 입맛을 다셨다.

"후회는 아무리 빨리 해도 늦는 법, 그 벌로 만 병의 술을 마셔야 하니……. 어디 보자, 이젠 몇 병 남았나?"

홍면신개는 오늘 자신이 마신 술병의 개수를 세었다.

"쩝! 아직 육천구백스무 병은 더 마셔야겠군."

홍면신개의 얼굴에 아쉬움과 흐뭇한 두 가지 이질적인 표정이 차례로 스쳐 지나갔다.

아쉬움은 대성을 이루려면 아직 요원하다는 데 따른 것이고, 흐뭇함은 아직도 마실 술이 육천구백스무 병이나 남았다는 데 따른 것이었다.

"크으!"

홍면신개가 다시 한 병의 술을 비웠다.

"이젠 육천구백열아홉 병!"

그렇게 소리치는 사이, 밖에서 인기척이 나며 개방도 한 명이 안으로 들어왔다.

쿵!

들어오자마자 그는 홍면신개가 뿌려놓은 주정신공에 휩싸여 쓰러졌다.

"아이구, 이 멍청한 놈! 매번 당하고도 또 당하느냐!"

홍면신개는 혀를 차며 젊은 개방도의 혈 몇 군데를 두드렸다.

"푸우―"

몸속으로 스며든 주정을 뿜어낸 개방도가 정신을 차렸다.

"역시 술은 낮술입니다. 주향이 훨씬 감미롭다니까요."

깨어난 개방도가 너스레를 떨었다.

홍면신개의 핀잔에 앞서 선수를 친 것이다.

젊은 개방도는 허리에 새끼줄 매듭 두 개를 맺은 이결제자였다.

이름은 장설(長舌)인데 워낙 말이 많아 그렇게 지었다고 했다. 그리고 그것이 잘 어울려 별호도 장설개였다.

"이 덜떨어진 놈아! 매번 당하면서 지겹지도 않느냐?"

홍면신개가 어이없다는 표정으로 고함을 질렀다.

"술은 마시고 싶은데 돈이 없어 공짜로 취했습니다."

장설개가 별호 값을 했다.

딱!

홍면신개의 손이 장설개의 뒤통수를 때렸다.

"아이쿠! 비싼 술 다 깹니다, 장로님!"

장설개가 두 손으로 머리를 감싸 쥐며 고함을 질렀다.

자신의 주정신공보다 더 고강한 장설개의 장설신공(長舌神功)에 홍면신개는 고개를 내저었다.

"그래! 무슨 일로 왔느냐, 이놈아?"

홍면신개가 용건을 물었다.

"손님이 찾아왔습니다."

장설개가 얼굴에 어린 장난기를 지우며 답했다.

"손님?"

홍면신개의 이마가 좁혀졌다.

최근 몇 년 동안 자신을 찾는 손님은 한 명도 없었다.

주정신공을 연마하느라 개방 총단에서 두문불출했고, 또 언제나 지독한 술 냄새를 풍기는 자신을 모두 피했기 때문이었다.

"누구더냐?"

아무리 떠올려도 짐작이 가지 않은 홍면신개가 다시 물었다.

"저도 누구냐고 물었더니 이것만 건네주었습니다."

장설개가 배첩을 내밀었다.

배첩을 받아 펼친 홍면신개의 얼굴이 일순 정상적인 색깔로 돌아왔다.

배첩에는 북산(北山)의 빚을 갚으라는 글귀 한 줄만 적혀 있었다.

그의 손이 미세하게 떨렸다.

"늙은이가 아니고, 새파란 젊은이라고?"

배첩에서 눈을 뗀 홍면신개가 장설개를 향해 고함을 치듯 물었다.

"그렇습니다. 저보다 조금 더 들어 보였습니다."

장설개가 놀란 표정으로 고개를 끄덕였다.

홍면신개의 안색이 이렇게 정상이어서는 안 되는 일이었다.

"어서 이리로 데려오너라."

홍면신개의 지시에 장설개가 얼른 고개를 숙이고 밖으로
달려나갔다.

방문한 청년과 마주 앉은 홍면신개는 한참 동안 그의 얼굴
을 뜯어보았다.

청년에게서 북산에서 만난 그의 모습을 찾고자 함이었다.

북산의 빚이란 이십 년도 훨씬 지난날의 일이었다.

홍면신개는 그때 청해성 서녕(西寧)의 분타주로 있을 때 총
단으로부터 적사교(赤蛇敎)에 대해 조사하라는 지시를 받았
다.

적사교는 그때 은밀히 중원으로 스며든 무리들로 오래전
에 새외로 달아난 혈교(血敎)의 후예들이 아닌가 하는 의혹을
사고 있었다.

지시를 받은 즉시 홍면신개는 방도 다섯을 데리고 그들의
은신처 및 그들의 활동사항을 조사하다가 청해성 북산에서
도리어 그들의 함정에 빠져 포위당하는 지경에 이르렀다.

필사적으로 타구봉을 휘둘렀지만 채 일각이 지나기도 전
에 제자들이 모두 쓰러져 버렸다.

그들의 무공은 괴이하고도 강했다.

마치 마교의 무공과 밀교의 무공을 합친 것 같았다.

제자들이 모두 쓰러진 후 목숨이 경각에 달린 순간 우연히

그곳을 지나던 고수의 도움으로 목숨을 구했다.

나이는 자신과 비슷했지만 자신과는 비교할 수 없는 고수였다.

무정철협(無情鐵俠)!

그 말이 가장 잘 어울리는 고수였다.

활화산 같으면서도 북해빙풍 같은 사내였다.

베어야 할 상대에겐 추호의 자비도 없었다.

그의 검은 어떤 정도문파의 검보다 무겁고 웅혼한 기운을 내포하고 있었지만 펼쳐지는 검초는 악마라도 비명을 지르고 도망갈 만큼 패도적이었다.

그러면서도 무정한 기운이 느껴졌다.

적사교 놈들이 살인멸구할 목적으로 지나가는 그를 공격하지 않았다면 그는 그대로 지나쳤을지도 몰랐다.

그로 인해 목숨을 구한 홍면신개는 그 고수에게 자신의 별호를 밝히고 구원의 빚으로 언젠가 자신을 찾아 부탁을 하면 무엇이든지 들어주겠다고 했다.

그때 그 고수는 보일 듯 말 듯한 미소만 흘리고는 등을 돌려 사라졌다.

그는 자신의 이름조차 가르쳐 주지 않았다.

나중에 청해마검이라는 별호가 중원에 퍼지기 시작했을 때 홍면신개는 직감적으로 청해마검이 그임을 알았다.

마검이라는 별호를 얻었지만 사파인들은 벌레 보듯 싫어

하던 무인!

언뜻 그의 얼굴이 청년의 얼굴과 겹쳐졌다.

자신의 강렬한 시선에도 한 치의 흔들림 없이 담담하게 시선을 맞받는 청년은 오히려 그보다 더한 철혈의 소유자 같았다.

청해마검의 전인!

가슴을 진탕시키는 일이다.

청해마검을 가장 가까이서 본 홍면신개는 그가 홀연히 사라졌다는 사실에 누구보다 아쉬워했다.

그는 사자의 심장과 악마의 발톱을 동시에 지닌 무인이었다.

난세에는 그런 무인이 필요했다.

아직 본격적인 혈풍은 불어 닥치지 않고 있지만 곳곳에서 불어오는 바람 속에 음습한 피 냄새가 느껴진다.

오래전 자신이 쫓다가 놓쳐 버린 놈들의 피 냄새가 다시 풍겨오고 있었다.

그런 와중에 중원 복판으로부터 이상한 움직임이 동시다발적으로 느껴졌다.

그 진원지는 놀랍게도 황제가 기거하는 황궁이었다.

하수불범정수(河水不犯井水) 또는 정수불범하수(井水不犯河水)!

강물은 우물물을 침범하지 않고 우물물은 강물을 침범하

지 않는다.

그건 황궁과 강호무림의 관계이다.

충돌하면 공멸을 면치 못할 세력들이기에 오랜 세월 그런 묵계가 이루어졌는데 최근 그 근간이 흔들릴 만한 움직임들이 황궁으로부터 계속해서 일고 있었다.

중원 곳곳에서 우후죽순처럼 생겨나는 흑도문파나 사파들의 중흥에 황궁이 관련되어 있다는 의혹이 진하게 풍겼다.

젊고 강직하며 누구보다 백성을 위하려고 했던 전 황제를 밀어내고 새로 즉위한 현 황제!

그는 과연 무슨 생각을 하고 있을까?

아니, 그는 아무 생각이 없는 사람이다.

그의 머릿속에는 원초적인 탐욕만이 자리하고 있을 뿐이다.

생각은 공공야에서 공공대부(公公大父)로 승격한 요공공이 한다.

일인지하 만인지상이라 하지만 일인지하는 형식일 뿐, 그가 곧 황제다.

그가 어떤 생각을 하는지는 도저히 알 수 없다.

계집도 사내도 아닌 그라면 어떤 생각을 하고, 어떤 해괴한 짓을 한다고 해도 이상하지 않을 것이다.

그런 무거운 보고들만 귀에 들어오는 차에 오늘 청해마검의 전인을 만났다.

몇 년 전 청해마검으로 추정되는 무인이 살막의 살수들에게 제거되었다는 소문이 뜬소문이라는 사실에 한없이 기뻤다.

그때 역시 허무맹랑한 뜬소문이라 치부했지만 혹시나 사실일 수도 있다는 생각이 가슴 한쪽이 무거워지는 것은 어쩔 수 없었다.

'휴—'

속으로 안도의 한숨을 삼킨 홍면신개는 입술을 움직였다.

"목이 마를 테니 한 잔 들게."

홍면신개는 이한성에게 잔에 내민 후 술을 채웠다.

이한성은 마다않고 단번에 마셨다.

싸구려 화주였지만 시원하게 넘어갔다.

유병학의 말대로 그건 핏줄이 물려준 유산인 것 같았다.

"그는 살아 있는가?"

홍면신개는 단도직입적으로 물었다.

"아직까지는 살아 계시기를 원하지 않습니다."

이한성이 의미심장하게 답했다.

아직까지는 강호로 나오려 하지 않는다는 말이었다.

또한 살아 있다는 것을 발설하지 말라는 말이기도 했다.

"그렇단 말이지?"

청해마검의 생존을 확인한 홍면신개의 표정이 환하게 밝아지며 더욱 정상으로 보였다.

“장로님 얼굴이…….”

장설개가 눈을 둥그렇게 뜨고 걱정을 하자 홍면신개가 흠칫 얼굴을 쓰다듬은 후 별호에 충실한 얼굴로 되돌아왔다.

“넌 잠시 나가 있거라!”

홍면신개가 장설개에게 엄하게 지시했다.

장설개가 잠시 더 이한성을 뜯어보다가 밖으로 나갔다.

“그의 진전을 이었는가?”

홍면신개가 다시 물었다.

“빙산의 일각 정도만 이어받았습니다.”

이한성이 담담히 답했다.

“그런가? 무척이나 궁금하군.”

홍면신개가 천천히 내력을 끌어올렸다.

스스스—

홍면신개의 독문무공인 주정신공이 펼쳐지며 그의 전신모공으로 주정이 피어올랐다.

동시에 실내에 술 냄새가 진동을 했다.

그를 잘 아는 사람이라면 기겁을 하며 도망을 가겠지만 모르는 사람이라면 갑자기 강해지는 술 냄새에 잠시 어리둥절해하다가 쿵! 하고 쓰러질 상황이었다.

이한성 역시 잠시 콧잔등에 주름살을 지었다.

‘됐다!’

홍면신개가 유심히 이한성을 지켜보았다.

콧잔등을 찌푸린 것으로 보아 주정을 들이켰다.

육성의 내력으로 끌어올린 주정신공이었다.

이 정도면 일류고수라 할지라도 주정에 취해 눈빛이 흐려질 수밖에 없었다.

잠시 후 홍면신개의 눈이 깊어졌다.

극히 짧은 순간 움찔했던 이한성의 표정이 원래의 상태로 돌아오며 더 이상 아무런 반응이 없었다.

홍면신개는 팔성의 공력으로 주정신공을 펼쳤다.

이한성의 콧잔등이 다시 찌푸려졌다.

그러나 반응은 똑같았다.

홍면신개는 믿을 수가 없었다.

이 정도면 절정고수 못지않은 내력을 지녔다는 말이다.

펼친 자신도 취기를 느낄 만큼 강한 주정신공이었다.

'어디?'

홍면신개는 내친김이라는 생각으로 십성의 공력을 모조리 퍼부었다.

잠시 이한성의 상체가 흔들렸다.

그러나 언제 그랬냐는 듯 다시 꼿꼿해졌다.

"푸우—"

주정 한 모금을 토해낸 홍면신개가 끌어올린 내력을 갈무리했다.

토해낸 주정으로 인해 백 병은 더 마셔야 될 일이었다.

"믿을 수가 없군. 어린 나이에 그런 내공을 쌓았다니……."

홍면신개의 눈에 불신이 어렸다.

내공만으로 따지면 지금 앞에 있는 청년은 절정고수의 수준이었다.

내공이 무공의 고하를 절대적으로 대변하지는 않지만 가장 큰 요인임은 분명했다.

강한 내공은 언젠가는 강한 무인을 탄생시킨다.

청해마검은 절정고수를 키워낸 것이다.

"그 사부에 그 제자로구나."

홍면신개는 빙긋 미소를 지었다.

호부(虎父)에 견자(犬子) 없다고 했다.

그 말이 절실하게 와 닿았다.

마음 같아서는 검법도 시험을 해보고 싶었지만 이곳은 총단의 한복판인지라 아쉬운 마음을 접을 수밖에 없었다.

"그래, 북산의 빚을 어떻게 갚으면 되겠나?"

잠시 후 내상을 다스린 홍면신개가 정색을 하고 물었다.

북산에서 목숨을 구원받았으니 어떤 부탁이든 들어주어야 했다.

"이 글귀가 적힌 종이를 중원의 모든 개방 분타 주변의 잘 보이는 곳에 한 달만 붙여주십시오."

이한성은 종이 한 장을 내밀었다.

"한성(寒星), 수린(水鱗), 호연(浩蓮)?"

홍면신개가 종이에 적힌 내용을 또박또박 읽었다.

"차가운 별, 물비늘, 호수의 연꽃… 이제 무슨 뜻인가?"

홍면신개가 눈을 가늘게 뜨며 물었다.

문장으로 따지면 말이 안 되는 내용이었다.

그것은 이한성과 하수린, 그리고 산동제일의 천호연의 이름을 적은 것이었다.

하유걸이나 하수린의 가족들이 이것을 보면 자신이 보냈다는 것을 단박에 알 것이다.

마지막으로 천호연의 이름까지 넣었으니 준비가 끝났다는 것도…….

그럼 자신을 찾으려 할 것인데 자신이 있는 곳은 천호연이 있는 곳이라는 것은 충분히 짐작할 것이다.

자신 역시 제일 먼저 천호연을 찾았듯이…….

천호연은 산동제일의로 이름이 높으니 그가 허창에 있다는 것은 금방 알 수 있을 것이다.

하수린과 헤어질 때 사부 한조산이 하유걸에게 개방 분타에 표식을 남겨놓는다고 했으니 하유걸은 최근 하루도 빠지지 않고 개방 분타 주변을 살폈을지도 모른다.

시간이 충분하다면 다른 방법으로 직접 찾아갈 수도 있지만 그러기엔 마음이 너무 급했다.

현재로서는 사부가 제시한 방법이 최선이었다.

"특별한 뜻은 없습니다. 그냥 붙여주시기만 하면 북산의 빛은 청산되는 겁니다."

이한성이 종이에서 눈길을 돌리며 말했다.

"중원 전역의 개방 분타에 이 내용을 붙여달란 말이지?"

"그렇습니다. 빠를수록 좋습니다."

이한성이 고개를 끄덕였다.

홍면신개가 잠시 생각에 잠겼다.

개방의 전 분타에 무슨 지시를 내리는 것은 결코 가벼운 일이 아니다. 그것은 용두방주의 허락이 떨어져야 가능한 것이다.

하지만 그 정도라야 북산의 빛에 상응할 만했다.

장로직을 걸고라도 방주의 허락을 받아내야 한다.

"알겠네. 천리신구를 이용하면 가까운 곳은 내일 당장, 제일 먼 곳이라도 열흘 후부터는 자네가 준 글귀가 분타에 걸릴 걸세."

홍면신개가 고개를 끄덕이며 말했다.

"감사합니다. 그럼……."

깊이 고개를 숙인 이한성이 신형을 일으켰다.

"한 가지 궁금한 것이 있네."

돌아서려는 이한성을 홍면신개가 멈춰 세웠다.

"자넨 내가 주정신공을 익혔다는 사실을 알았나?"

십성 공력으로 펼친 자신의 주정신공이 새파란 젊은이에

게 통하지 않았다는 사실을 끝까지 인정할 수 없는 홍면신개였다.

"몰랐습니다."

이한성이 짤막하게 답했다.

"몰랐다?"

홍면신개의 눈이 가늘어졌다.

"그런데 어떻게 당하지 않을 수가 있었나? 알고 대비하지 않았으면 도저히 불가능한 일인데."

홍면신개는 자신이 은밀한 공격을 펼쳤다는 것을 시인하며 물었다.

"한 자루 검을 들고 도산검림을 헤쳐 나가는 이상, 자신 외에 아무도 믿지 말라는 것이 제 사부님 가르침의 근간(根幹)이었습니다."

이한성의 대답에 홍면신개의 표정이 여러 번 변했다.

"그래서… 나도 믿지 않고 대비를 하고 있었다?"

홍면신개가 어이없는 표정으로 이한성을 쳐다보았다.

이한성은 긍정도 부정도 하지 않고 홍면신개의 시선을 받았다.

"하하… 와하하하!"

잠시 후 홍면신개는 마신 술을 모두 토할 만큼 대소를 터뜨렸다.

"그는 정말 멋진 무인이야. 그리고 정말 잘 가르쳤어. 하하하!"

한참을 웃은 홍면신개는 허리춤에서 금전(金錢) 세 개를 꺼냈다.

물건을 사는 돈이 아니라 매듭 다섯 개가 양각된 동전 모양의 물건이었다.

그것은 개방도를 이용해 대지급의 연락을 띄울 수 있는 권한을 갖는 지급전(至急錢)이었다.

"이걸 선물로 주지. 언젠가 연락할 일이 생기면 우리 개방 제자들에게 이걸 던져 주게. 그럼 묻지도 따지지도 않고 바람처럼 달려갈 걸세."

금전을 받은 이한성은 깊이 고개를 숙인 후 실내를 벗어났다.

"재미있군. 아주 재미있어. 하하하!"

홍면신개의 대소가 한참 동안 이어졌다.

第四十四章
난세(亂世)

자욱한 연기가 넓은 실내를 가득 채웠다.

실내는 화려함을 넘어 사치의 극을 달리고 있었다.

바닥에는 서역에서 들여온 화려한 무늬의 양탄자가 넓은 실내 전역에 깔려 있었고 실내 한가운데에 있는 탁자의 재질은 최상급 침향목이었다.

그리고 그 탁자 위에 놓인 쟁반과 술잔, 술병은 모두 금으로 만든 것이었다.

탁자 옆에는 조그만 인공 연못이 있었는데 직경은 채 다섯 자도 안 되어 보였지만 그 연못 안에는 실로 선경(仙境)이라고 할 만큼 아름다운 산과 계곡이 축소되어 만들어져 있었다.

선경의 계곡에는 인공으로 뿜어진 안개가 구름을 만들어 휘돌고 있었으며 연못 물속에는 새끼손가락만 한 기이한 물고기들이 유유자적 헤엄치고 있었다.

그 광경만 쳐다보아도 하루가 어떻게 지나가는지 모르고 흘러갈 것 같았다.

그 외에도 장식장이며 침상, 침구, 작은 탁자, 문갑 등…….

어느 것 하나라도 수백 냥 가치 이하로 보이는 것은 없었다.

만약 이 실내에 있는 장식장이나 집기류를 모두 판다면 아마 수십만 냥은 넘을 것 같았다.

그런 화려한 실내에 일남일녀가 천천히 움직이고 있었다.

정확히 말하자면 여자가 남자를 이끌고, 남자는 여자가 이끄는 대로 육신을 움직이며 춤을 추듯 부드럽게 움직였다.

남자는 머리가 허옇게 센 늙은이였다.

반면 여자는 이십대 중반쯤으로 보이는 화려한 나삼 차림의 절세가인이었다.

나삼 속에서 은은하게 보이는 여인의 몸은 그야말로 숨이 턱 막힐 정도로 아름다웠다.

성숙안 여인 특유의 풍만하고 육감적인 아름다움을 소유하고 있으면서도 조금도 비대하거나 둔해 보이지 않았다.

풍만한 선을 따라가다 보면 어느덧 쭉 뻗어 미끈해 보였고, 그런 미끈함을 만끽하다 보면 어느덧 터질 듯 풍만했다.

보통 사람이 이런 여인을 본다면 상사병에 걸려 식음을 전폐하고 말라 죽을 것 같았다.

스르르―

여인이 더욱 부드럽게 팔과 손을 움직이며 노인을 이끌었다.

노인은 조금도 거부하지 않고 여인이 이끄는 대로 몸을 맡겼다.

둥실!

노인의 몸이 누운 자세 그대로 허공으로 떠올랐다.

노인이었지만 건장한 체격이었다. 그런데 여인은 춤을 추듯 두 손을 부드럽게 움직이면 깃털을 불어 올리듯 노인의 신형을 허공에 띄웠다.

스르르―

탁탁!

여인은 허공에 뜬 노인의 전신을 부드럽게 쓰다듬기도 하고 가볍게 두드리기도 하며 쉴 새 없이 어루만졌다.

"으음―"

노인의 입에서 나른한 신음이 새어 나왔다.

중력을 받지 않고 허공에 뜬 채 절세가인의 손에 안마를 당하는 노인으로서는 그런 신음을 토하지 않는다는 것이 오히려 이상할 일이었다.

"정말 좋구나."

노인은 마침내 찬사를 토했다.

"천첩의 광명이옵니다."

여인이 노인의 찬사에 화답하며 조금 더 빠르게 손을 움직였다.

허공에 뜬 노인의 몸이 이리저리 뒤집어지며 여인의 손에 어루만져졌다.

잠시 후 허공에 뜬 노인의 몸이 천천히 바닥으로 내려오며 가부좌 자세로 정좌했다.

"후후욱―"

어느 순간, 노인의 입에서 탁한 색감의 기체가 뿜어졌다.

지독한 악취와 함께 뿜어져 나오는 그것은 노인의 몸 안에 쌓여 있던 탁기였다.

여인의 기묘한 안마술에 의해 몸속에 있던 탁기들이 빠져나간 노인은 몇 년은 더 젊어진 것 같은 느낌과 함께 충만한 생기가 전신을 감돌았다.

번쩍!

노인의 지그시 감았던 눈이 떠지며 강렬한 빛이 쏟아져 나왔다.

어떤 젊은이 못지않은 형형한 안광이었다.

"너의 환희보양술(歡喜補陽術)은 언제나 고무적이로구나."

노인은 더없이 흡족한 표정으로 여인의 안마를 통한 보양술을 칭찬했다.

그녀의 보양술 덕분인지 눈썹은 온통 하얗게 탈색되었지만 노인의 얼굴은 어떤 젊은이들 못지않게 탄력 있고 윤기가 흘렀다.

손이나 다른 곳의 피부 역시 마찬가지였다.

나이는 속일 수 없는지 주름이 파였지만 그 주름조차도 싱싱한 생기를 내뿜고 있었다.

노인은 일인지하 만인지상의 위치에 있는 공공야, 아니, 지금은 공공대부로 불리는 요공공이었다.

단심맹을 조직하여 성군이었던 전대의 황제를 몰아내고 탐욕덩어리라 할 수 있는 현 황제를 옹립한 그는 실질적인 천하의 주인이었다.

악마적인 탐욕을 마음껏 채워주며 현 황제를 완전히 자신의 손아귀에 넣은 그는 진시황이 불로초를 통해 영생을 추구하듯 환희보양술로 영생을 꿈꾸고 있었다.

지금 이 실내에서 요공공에게 환희보양술을 펼치는 여인의 이름은 두진향(斗眞香)으로 백화루의 이화(二花)였다.

백화루는 백 명의 여인을 갖추고 영업을 하는 낙양제일의 주루였다.

이름 그대로 그곳에는 일화에서부터 백화까지 서열을 매긴 기녀들이 있는데 일전에 정주에서 귀면탈과 함께 하남의 무림정세를 논의하던 여인은 십오화였다.

십오화의 신분도 대단했지만 이화인 두진향의 신분은 그

야말로 어마어마하다 할 수 있었다.

그녀의 시중을 받으며 하룻밤 술을 마시려면 일만 냥의 은자가 필요했다.

은자 일만 냥!

보통 사람들은 꿈도 못 꾸는 금액이었고 평생 호의호식하며 살 수 있는 돈이기도 했다.

그런 어마어마한 금액 때문에 웬만해선 그녀를 부를 수 없다.

그런 돈을 내고 하룻밤 술을 마실 사람은 온 중원을 다 뒤져도 몇 되지 않았다.

그것은 물론 백화루에서 의도적으로 내건 조건이었다.

기녀가 본분이 아닌 그녀였기에 거의 불가능한 그런 조건을 내걸어 기녀로서의 신분으로 위장한 채 본연의 임무에 충실하도록 한 것이다.

오늘 일도 본연의 임무 중 하나였다.

환희보양술이라는 안마술을 펼치는 백화루의 기녀!

그 안마술은 신묘하고도 신묘해서 한 번 받고 나면 십 년은 젊어지는 기분을 느낀다.

소문은 자자했지만 술자리와 함께 안마까지 받으려면 오만 냥을 내야 한다.

거의 불가능한 일이기도 했다.

하지만 요공공 같은 사람에게 그런 일은 손바닥 한 번 뒤집는 것보다 쉬웠다.

두진향은 어느 날 낙양으로 유람을 나온 요공공에게 불려 갔고 그녀에게 안마를 받은 요공공은 다음 날 바로 황궁으로 그녀를 데리고 갔다.

그날은 기녀의 신분인 두진향에게는 최고의 순간이었다.

하지만 더 중요한 의미는, 그날은 백화루의 오랜 작업이 성공한 최고의 순간이기도 했다.

"너는 어디서 그런 안마술을 배웠느냐?"

느긋한 표정으로 술잔을 든 요공공이 두진향의 젖가슴을 주무르며 물었다.

그동안 하지 않았던 질문마저 하는 것으로 보아 오늘은 두진향의 안마술에 특별히 큰 감명을 받은 듯했다.

"어린 시절 사부님으로부터 배웠습니다."

두진향이 요염한 미소를 지으며 답했다.

"네 사부는 누구더냐?"

요공공의 눈에 강한 호기심이 어렸다.

"함자는 모르겠고 별호는 천중화(天中花)라고 했습니다."

"천중화? 광오한 별호로구나. 별호가 있는 것을 보니 무인이겠구나."

"무인이자 의원이었사옵니다."

두진향이 고개를 숙였다.

"지금은 어디 있느냐?"

"뜬구름 같은 분이시라 제제 열일곱 살이 되는 해에 무공의 극의를 깨우치기 위해 새외로 나간다는 서찰 한 장만 남기고 사라졌습니다."

"새외?"

"그렇게 적혀 있었사옵니다."

"그럼 네 사부가 극의를 깨우친다는 무공은 너와 같은 환희보양술이란 말이냐?"

요공공의 눈에 얼핏 욕망이 어렸다.

제자가 이 정도면 그 사부는 훨씬 더 수준이 높을 것이다. 더 나아가 극의를 깨우쳤다면 그 수준은 상상이 불가능하다.

"환희보양술은 사부님 무공으로 얻는 한 가지 기술일 뿐입니다. 그분의 독문무공은 극락환천술(極樂還天術)로 일종의 타혈술인데 극의에 이르면 죽은 시체도 하루가 지나지 않으면 소생시킬 수 있다고 했습니다."

"그 정도라면 산 사람에게는 영생의 기쁨을 줄 수도 있겠구나."

"최소한 세수 이백까지는 보장할 수 있다고 들었사옵니다."

두진향이 자신감 어린 목소리로 답했다.

"이백이라……."

요공공의 눈이 탐욕으로 이글거렸다.

영생불사는 진시황도 불가능한 환상이었다.

그러나 이백 살 이상을 살 수 있다는 것은 현실적이면서도 가능한 꿈 같았다.

세상의 모든 권력을 얻었으니 그 정도는 탐낼 만하지 않은가?

그런 정도도 얻지 못한다면 무엇하러 피 튀기며 권력다툼을 하겠는가?

요공공의 가슴이 부풀어 올랐다.

"네 사부가 돌아오면 너는 그를 찾을 수 있느냐?"

요공공이 눈에 어린 탐욕을 지우고 물었다.

"그러하옵니다. 사부께서 오시기만 하면 홍화교(紅火敎)가 부흥하며 당장 이름이 날 것입니다."

"홍화교? 그것이 네 사문이냐?"

"그렇습니다."

"그런데 넌 네 사부처럼 의원이 되지 않고 어떻게 기녀가 되었느냐?"

요공공은 납득이 안 가는 사실에 질문 던졌다.

"사부님께서 떠나시고 난 후 사문은 극도로 쇠락해져서 그 명맥조차 잇기 힘들었습니다."

요염하던 두진향의 얼굴에 그늘이 스쳐 지나갔다.

그것은 극히 짧은 순간이었고 그래서 더욱 애잔해 보였다.

"그래서 사문을 살리기 위해 네 한 몸을 희생했다는 말이구나."

두진향은 말없이 고개만 숙였다.

"쯧쯧! 네 사부가 돌아오면 너부터 제일 먼저 찾겠구나."

두진향은 여전히 고개만 조아렸다.

"그건 나중 일이고……. 오늘은 상을 하나 내리겠다. 원하는 것이 무엇이냐?"

다시 한 잔 술을 마신 요공공이 물었다.

순간적으로 두진향의 눈이 반짝 빛났다.

"황궁무고를 열람하고 싶습니다."

"황궁무고? 그곳은 왜?"

"무고에서 제 능력을 상승시킬 만한 비급이 있는지 찾고 싶습니다."

"그래? 그것이면 되겠느냐?"

"그러하옵니다."

두진향이 다시 고개를 조아렸다.

"쯧쯧! 기회가 되었을 때 제대로 잡지 못하는 것도 죄악이니라. 십만 냥쯤 달라고 했어도 되었을 것을."

요공공이 혀를 찼다.

"그럼 그것은 덤으로 주시와요."

두진향이 요염하게 미소를 지었다.

"덤? 하하하! 적응력 하나는 귀신 뺨치는구나. 알았다. 황궁무고를 언제든지 출입할 수 있는 출입증과 은자 십만 냥을 주겠다."

곰방대를 든 요공공이 이제 그만 물러나라는 듯 손짓을 했다.

"망극하옵니다."

두진향이 깊이 허리를 꺾은 후 뒷걸음으로 실내를 벗어났다.

그녀가 완전히 사라진 후 문 밖에서 궁녀의 가벼운 발소리가 들려왔다.

"공공대부님, 제독동창 영감님이 오셨습니다."

잠시 후 밖에서 궁녀의 목소리가 들렸다.

"들라 해라!"

요공공이 옷매무새도 바로 하지 않은 채 제독동창 기종위를 맞았다.

"그간 별래무양하셨는지요?"

동창의 수장으로 오룡회를 제거하고 전 황제를 축출하는데 가장 큰 공을 세운 기종위가 요공공을 향해 고개를 숙였다.

"어서 오게나. 나갔던 일은 잘 되었나?"

요공공이 여전히 비스듬히 누운 자세로 장죽을 빨며 물었다.

"생각보다는 성과가 적었습니다."

기종위가 입맛을 다시며 답했다.

"그럴 때도 있어야지. 일이 항상 잘되기만 하면 사람이 너무 교만해지네."

요공공이 의미심장한 미소와 함께 말했다.

"어이쿠! 제가 대부님 앞에서 교만을 떤 적이 있었던 모양이군요."

기종위가 화들짝 놀라는 시늉을 했다.

"자넨 항상 교만해. 그래서 언제 내칠까 기회만 엿보고 있는 중일세."

요공공이 실눈을 뜨며 기종위를 쳐다보았다.

"이 늙은 몸으로 황궁에서 쫓겨나면 당장 객사할 테니 미리미리 많이 빼돌려 두어야겠습니다."

기종위도 지지 않고 대꾸했다.

"더 빼돌릴 것이 있었던가?"

"황궁은 넓고 빼돌릴 것은 많지요."

기종위가 뻔뻔한 미소와 함께 답했다.

"아무리 그렇더라도 황제의 밥그릇 주변에는 얼씬도 하지 말게. 설사 흘린 밥알이라도 주워 담았다가는 철퇴를 맞을 걸세. 다른 건 몰라도 그런 쪽으로는 광적인 집착을 하는 사람이라 그때는 나도 감당하기 힘드네."

요공공이 장죽을 빨며 말했다.

"아무렴요. 거지 항문에 낀 콩나물을 빼 먹는 게 낫지 그곳에 뭐 먹을 게 있다고요."

기종위가 피식 웃으며 답했.

“자넨 역시 교만해. 아주 교만해.”

요공공이 입맛을 다셨다.

농담 속에 진담이 있고 진담 속에 농담이 있는 대화였다.

현재 요공공 앞에서 고개를 바로 들고 이런 농담을 할 수 있는 사람은 제독동창 기종위뿐이었다.

동창과 금의위의 실권을 모두 쥐고 있는 그는 오룡회를 제거하고 전 황제를 축출하는 데 있어 그만한 공을 세웠기 때문이다. 그리고 두 사람은 서로를 가장 잘 알고 있었고 누구 하나가 잘못되면 공멸할 처지에 있었다. 그래서 이런 식의 속을 드러내는 농담도 가능한 것이다.

“그래, 어떤 일들이 안 풀리고 자네 속을 썩이나?”

요공공 본론으로 들어갔다.

“급히 생긴 조직의 결집력은 모래알처럼 약합니다. 돈을 보고 모였다가도 금방 흩어지기 일쑤입니다.”

기종위가 입맛을 다시며 답했다.

“그렇다면 돈을 더 퍼붓게.”

요공공이 망설이지 않고 말했다.

“얼마나 더……?”

기종위가 조심스런 표정을 지었다.

저번에도 황금 십만 냥을 흑도무림에 퍼부었다. 그 바람에 중원에 흑도문파가 수십 개는 더 생겨났다.

물론 그렇게 생긴 흑도문파가 모두 자리를 잡는다고는 볼 수 없다.

하지만 그중 삼 할 정도는 잡초처럼 뿌리를 내리고 성장을 할 것이다.

황궁의 지원을 받는 흑도!

이건 말이 안 되는 일이면서도 위험하기까지 했다.

"황금 십만 냥을 더 퍼붓게."

요공공이 낯빛 하나 변하지 않고 답했다.

"너무 과하지 않습니까?"

기종위가 놀란 표정을 했다.

그러나 속으로는 쾌재를 불렀다.

그 십만 냥 중 만 냥은 자신이 챙길 것이다.

저번에도 그렇게 만 냥을 챙겼다. 이번에 또 만 냥이 불어나면 성이라도 한 채 살 수 있었다.

"돈은 귀신도 부리지. 흑도 놈들에겐 돈이 곧 상관이야. 거름을 주듯 돈을 계속 뿌리다 보면 깊이 뿌리를 내리는 놈들도 생기겠지."

요공공은 물고 있던 장죽을 빼고 길게 연초 연기를 내뿜었다.

"돈도 돈이지만 흑도 놈들이 번성하면 좀 위험하지 않을까요?"

잠시 뜸을 들였던 기종위가 물었다.

"위험하라고 하는 짓이지. 알면서 뭘 그러나."

요공공이 비릿한 미소를 지었다.

"그렇긴 합니다만 좀 과하지 않나 하는 생각이 들어서……."

기종위가 말끝을 흐렸다.

무소불위의 권력을 지닌 사람들 앞에서 자신의 생각을 정확히 밝히는 것은 위험하다. 특히 그것이 그와 배치되는 말일 때는 더욱 그렇다.

그럴 때는 지나가는 말처럼 흘리는 것이 상책이다.

"오룡회를 제거하는 과정에서 자네도 정파무림 놈들 때문에 애를 먹지 않았나. 처음에는 청해마검이라는 늙은이 때문에 고생했고, 그다음에는 무당의 유진자(有塵子)란 놈 때문에 밤잠을 설쳤지. 나중에는 화산과 종남, 그리고 남궁세가 놈들도 나서는 바람에 아주 혼쭐이 났지, 아마?"

요공공의 한쪽 입꼬리가 위로 비틀렸다.

그의 말대로 단심맹에 비해 힘이 약했던 오룡회는 황제의 친서를 들고 정파무림에게 은밀히 도움을 요청했다.

새로운 황제의 대쪽 같은 성정에 반한 정파무림은 오룡회를 적극적으로 도와 한때는 오룡회가 단심맹을 휩쓸어 버리고 태평성대가 열릴 뻔했다.

그러나 이무기들의 집합체인 단심맹은 동창과 금의위의 힘에 그들이 가진 기득권을 최대한 활용하여 오룡회를 제거하고 권력을 잡았다.

그 과정에서 요공공은 정파무림이라면 치를 떨게 된 것이다.

"그땐 정말 정파무림 놈들이라면 씨를 말리고 싶었지요."

기종위도 같은 생각인지 이를 갈았다.

"아서게. 씨를 말리느니, 무림일통을 하느니 하는 것은 바보들이나 하는 짓이지. 육 할만 장악하면 내 마음대로 휘두를 수 있는데 왜 그런 멍청한 짓을 하나. 육 할만 장악하도록 노력하게. 흑도무림의 힘이 전체 무림의 육 할만 되면 무림이라는 웃기는 족속들은 우리 뜻대로 조종할 수가 있네. 그땐 정파무림 놈들을 씨를 말리는 것 못지않게 괴롭힐 수가 있지."

요공공의 얼굴에 잔인한 미소가 피어올랐다.

"바야흐로 난세로군요."

기종위가 고개를 절레절레 저으며 대꾸했다.

"난 난세가 좋으이. 피보라가 난무하는 난세는 언제나 나를 흥분시킨다네. 피안개가 자욱하게 피어오르는 난세야말로 약동하는 세상이지. 그래서 계속해서 난세를 만들 생각이네."

요공공의 미소가 더욱 짙어졌다.

"너무 그러시면 저 위에서 노하십니다."

기종위가 천장 쪽을 쳐다보았다.

"위?"

잠시 기종위의 말뜻을 알아채지 못한 요공공도 위쪽을 쳐다보았다.

그곳에는 천장밖에 없었다.

“후후! 자네 같은 사람도 하늘을 두려워하나?”

비로소 알아들은 요공공이 의외라는 표정으로 기종위를 쳐다보았다.

“솔직히 반신반의입니다.”

기종위가 입맛을 다시며 답했다.

“푸하하하하!”

요공공의 입에서 대소가 터져 나왔다.

처음에는 호탕한 웃음이었지만 갈수록 여인의 그것처럼 끝이 갈라지며 기괴하게 변했다.

“하늘이 있다면 성군 중의 성군인 전 황제나, 오룡회가 제거되도록 놔두지 않았겠지. 나나 자네 같은 사람에게 제일 먼저 벼락을 때려 그들을 도왔겠지.”

요공공이 장죽을 길게 빨았다가 위를 향해 내뿜었다.

자욱한 연초연기가 천장을 향해 올라갔다.

“그런 것은 없다네. 자네나 나 같은 사람이 이렇게 호의호식하며 살아간다는 것이 그 증거일세. 설령 있다 해도 우리 편일세. 그래서 우리가 이긴 것이고……. 후후후!”

“쩝! 일리가 있는 말씀이군요.”

기종위가 졌다는 듯이 입맛을 다셨다.

“그러니 위쪽은 신경 쓰지 말고 매진하게. 난세야말로 우리 같은 사람들이 마음껏 활개 칠 수 있는 세상일세.”

요공공이 길게 연기를 내뿜었다.

“난세야, 난세! 나마저도 겁이 날 정도로 난세야.”

요공공의 처소에서 나온 기종위는 혀를 내둘렀다.

자신이야 굿 구경 후 떡만 얻어먹으면 되겠지만 차후 바닥 난 황궁의 재정과 그 재정을 메우기 위해 또 얼마나 백성들의 고혈을 짜야 할지 감이 잡히지 않았다.

벌써 굶어 죽는 백성들이 수만 명이고 고향을 등진 백성들은 대부분 초적이 되어 호구를 연명한다고 들었다.

“세상이 어찌 되려고……. 쯧쯧!”

평생 처음으로 충신의 입장에서 백성들을 걱정한 기종위는 길게 혀를 찼다.

“무슨 일이십니까?”

첩형 동초기가 사내 하나와 들어오며 물었다.

“아닐세. 시절이 하 수상해서 걱정을 좀 했었네.”

기종위가 입맛을 다셨다.

“만고충신이십니다.”

동초기가 빙긋 웃었다.

동초기의 칭찬은 물론 반어법이었다.

“탐관오리 되기도 힘든 세상일세.”

기종위가 고개를 흔들었다.

“그런데 누군가?”

기종위의 눈이 동초기 옆에 있는 사내에게로 옮겨갔다.

날카로운 인상에 당장에라도 검을 뽑을 듯한 살기가 온몸에서 느껴졌다.

자신 앞에서 최대한 기운을 억제시켰음에도 이 정도라면 평소에는 옆에 가기도 싫을 정도일 것이다.

“일전에 새로 당두가 된 번역입니다.”

동초기가 소개했다.

“양명호(梁銘護)라 합니다.”

사내가 깊이 허리를 숙였다.

“그런데?”

그런 것까지 자신에게 보고할 필요가 없기에 기종위는 눈살을 찌푸렸다.

“왜, 아시지요? 한 오 년 전에 산동성 제남에서 청해마검 손에 죽은 오 당두 양신호라고…….”

“그래. 기억나는군. 아주 아까운 친구였지.”

기종위가 고개를 끄덕이며 양명호를 쳐다보았다.

어딘지 모르게 양신호와 닮았다.

“동생인가?”

기종위가 물었다.

“그렇습니다. 형이 비명횡사하는 아픔을 딛고 절치부심하여 이번에 당두가 되었지요.”

동초기가 대신 답했다.

"열심히 하게. 그런데?"

여전히 본론이 안 나오자 기종위가 다시 물었다.

"이 친구에게 구 당두 자리를 주었으면 합니다."

동초기가 조심스럽게 말했다.

다른 당두는 첩형 두 명이 알아서 뽑기도 하고 파면시키기도 했지만 핵심이라 할 수 있는 일 당두부터 십 당두까지는 제독태감의 재가를 받아야 했다. 그래서 양명호를 데리고 온 것이다.

"얼마 전에 말석 당두가 되었다고 하지 않았나?"

기종위가 눈 사이를 좁히며 물었다.

"그렇습니다."

동초기가 답했다.

"그런데 벌써 구 당두라면 너무 파격이 아닌가? 다들 한 자리씩 밀려야 할 텐데."

"구 당두 자리는 최근 비어 있습니다."

임무 중에 죽었든지 실종되었다는 말이다.

"그런데 그렇게 파격을 행해야 할 이유라도 있나?"

"그동안 많은 공을 세웠습니다. 얼마 전 동궁전 사건을 해결한 것도 이 친구 작품입니다."

"호오—"

비로소 기종위가 호감을 드러냈다.

동궁전 사건이라면 동궁전에서 궁녀 여섯 명이 한꺼번에 변사체로 발견된 사건인데 신임 당두 중 한 명이 그것을 깨끗이 해결하여 동창의 명성을 한 번 더 높였다.

"구 당두가 되면 무얼 할 텐가?"

기종위는 양명호에게 물었다.

"위로는 폐하께 충성을 다하고……."

"그런 것 말고 솔직한 이유를 말하게."

기종위가 손을 흔들어 제지했다.

"아래로는 제독태감님께 견마지로를……."

"속에 없는 말 하지 말라고 하지 않았나!"

기종위의 목소리가 높아졌다.

"제일 하고 싶은 일은 형님의 복수입니다."

양명호가 호흡을 고른 후 작심한 듯 말했다.

"자네 형은 청해마검에게 죽었고 청해마검은 우리가 살막을 이용해 죽이지 않았나?"

기종위가 의구심 어린 표정을 지었다.

"석연찮은 점이 있습니다. 그때 사건과 관련된 다른 놈들도 찾아내어 파헤쳐 보면 무언가 걸려들 것 같습니다."

"그런가? 하지만 사사로운 일에 너무 국고를 낭비하지 말게. 그건 대부님과 나만으로도 족하네."

대답과 함께 기종위는 동초기가 들고 있는 서류에 도장을 찍어주었다.

그 도장 하나로 또 적지 않은 은자가 들어올 것이다.

'됐다!'

양명호는 두 주먹을 불끈 쥐었다.

형님 원수는 관련된 강아지 한 마리까지 죽여서라도 갚고 말겠다는 마음으로 이미 오랫동안 그 일을 추적했다.

그러나 번역의 신분이나 말단 당주 신분으로는 한계가 많았다.

이젠 핵심인 구 당두가 되었으니 동창의 힘을 최대한 이용하며 파헤칠 수 있었다.

오늘을 위해 수만금을 들였지만 조금도 아깝지 않았다.

그런 금액쯤은 황궁 내에서도 얼마든지 보충할 수 있다.

지금 같은 상황에서는 먼저 차지하는 놈이 임자다.

그건 나중의 일이고 지금은 형의 원수를 갚는 것이다.

양명호의 눈에 살기를 넘어선 광기가 어렸다.

第四十五章
생사혈겁

"공자님!"

진성무관주의 딸 강아연이 사진용과 사진혜가 있는 처소를 방문했다.

"한성 공자님이 정주에서 일이 생겨 며칠 더 늦어질 것 같다는 연락이 왔어요."

강아연이 서찰 한 장을 내밀었다.

인근에 있는 표국을 통해 부쳐온 이한성의 편지였는데 강아연의 말대로 예기치 못한 일이 있어 며칠 늦어지니 혹시 무슨 일이 생기면 개봉에 있는 개방 총단의 홍면신개에게로 연락하라는 내용이었다.

"개방?"

사진용이 눈 사이를 좁혔다.

그곳으로 연락하라고 했으니 지금 이한성이 가고 있는 곳이 개방이란 말이다.

"그야말로 종횡무진이군."

사진용이 피식 웃었다.

처음에는 개방으로 곧장 가겠다고 했는데 정주에 들러 개방으로 가고 있었다.

무슨 일인지는 모르겠지만 허창에서 정주로, 다시 개봉으로… 하남성의 고도들을 누비고 있었다.

"정주엔 무슨 일로 머물렀죠?"

사진혜가 잔뜩 찌푸린 표정으로 말했다.

이곳에 오자마자 이별이었고 그 기간이 길어지고 있는 데 대한 불만이었다.

마음 같아서는 당장 개봉으로 달려가고 싶었지만 장현방 놈들이 무슨 짓을 할지 모르니 이곳을 철저히 지키라는 당부 때문에 갈 수도 없었다.

"낸들 어찌 알겠느냐. 가만두면 하루에 다섯 마디도 안 하고 사는 사람이니 무슨 생각을 하는지, 어딜 가는지 알 수가 있어야지."

사진용이 입맛을 다시며 고개를 흔들었다.

음풍장을 나설 때는 항시 같이 다니며 세상 곳곳을 남김없이 유랑하겠다는 원대한 포부를 세웠지만, 구경은커녕 어디를 가는지도 모르고 미친 듯이 이곳까지 달려와 이젠 파수꾼 신세로 전락했다.

"당장 개봉으로 갈까 봐요."

사진혜가 안달이 난 표정으로 말했다.

"지금쯤이면 그곳에서도 떠났을 텐테, 뭘."

사진용이 고개를 저었다.

"대체 무슨 일을 벌이는지 모르겠어요."

사진혜가 약이 바짝 오른 얼굴이 되었다.

"그 사부에 그 제자지 뭐."

사진용이 다시 입맛을 다셨다.

"세 분 다 같은 사부님께 배우지 않았나요?"

옆에 있던 강아연이 의구심 어린 표정을 지었다.

동문수학한 사형제들이라 했는데 하는 얘기들을 들어보니 사부가 다른 것 같았다.

또 사형이라는 명칭보다는 오라버니라는 명칭도 좀 이상했다.

"아니긴요. 그런데 한성 오라버니는 유독 사부님을 빼닮았거든요."

사진혜가 얼른 변명을 했다.

강아연이 고개를 끄덕였다.

무언가 미심쩍은 구석이 남아 있었지만 지금으로서는 알

수가 없었다.

"그럼 전 가볼게요."

강아연이 방을 나서려는 순간 밖에서 병장기 부딪치는 소리들이 들려왔다.

뒤이어 비명 소리도 터져 나왔다.

"무슨 일이지?"

사진용이 급히 검을 챙겨 들고 바람처럼 달려나갔다.

"같이 가요!"

사진혜도 검을 들고 몸을 날렸다.

쨍!

챙! 챙! 챙!

회색 무복을 입은 사내들과 진성무관의 관도들이 혼전을 벌이고 있었다.

그러는 중에도 회색 무복의 사내들은 계속해서 진성무관의 담을 넘고 있었다.

장현방의 방도들이었다.

야음을 틈타 놈들이 기습공격을 해온 것이다.

"전열을 흩뜨리지 말고 위치를 고수해라!"

관주 강이환의 바로 아래 동생인 강정환이 악을 쓰며 검을 휘둘렀다.

파앗—

피보라가 일며 강정환의 검에 걸린 장현방도 한 명이 바닥을 뒹굴었다.

"일대(一隊)는 좌측을 맡아라!"

강민환도 고함을 지르며 청년들을 이끌었다.

"가소로운 놈들! 오늘이 네놈들 제삿날이다. 우하하!"

칠 척이 넘는 체구의 장한 하나가 광소를 터뜨리며 대감도(大坎刀)를 휘둘렀다.

장현방의 철목당주 오장두였다.

타고난 신력으로 휘두르는 오장두의 대감도에서 무시무시한 도풍이 일었다.

까까깡―

세 자루의 검이 대감도에 부딪치며 동시에 허공으로 튀어 올랐다. 그리고 검을 잃은 진성무관 관도들이 비명과 함께 바닥으로 쓰러졌다.

"네놈은 내가 죽인다!"

강정환이 바람처럼 날아들며 오장두를 향해 검을 휘둘렀다.

깡!

검을 막은 오장두가 인상을 찌푸렸다.

강정환의 검에 실린 역도가 만만치 않았다.

진성무관주 강이환은 하남성에서 이름 높은 검파인 동백파(桐栢派)의 속가제자였다.

그의 동생들 역시 강이환에게 제대로 배웠기에 아무리 체구가 커도 산적 출신인 오장두가 상대하기에는 벅찼다.

까강—

다시 검이 마주치자 오장두가 뒤로 밀렸다.

휘익—

두 사람의 격돌을 보며 기회를 노리고 있던 다른 사내 하나가 강정환의 등을 향해 비도를 날렸다.

강정환이 신속히 몸을 뒤틀었지만 비도는 오른쪽 어깨 한쪽에 박혔다.

"흐흐!"

오장두가 비릿한 웃음을 흘렸다.

비도가 박힌 곳이 오른쪽 어깨였기에 제대로 검을 휘두를 수 없을 터였다.

애초에 등을 노렸지만 피하느라 몸을 뒤틀며 어깨에 박혔고 그것은 오장두에게 오히려 더 나은 결과로 반전되었다.

"죽어라!"

오장두가 벼락처럼 대감도를 내려쳤다.

캉!

힘이 실리지 못한 강정환의 검이 위로 튕겨 올랐다.

그 사이로 오장두의 대감도가 무지막지하게 날아들었다.

째액—

오장두의 대감도가 강정환의 목을 베려는 순간 무언가 시커먼 물체가 오장두의 뒷목을 파고들었다.

너무 작아 무언지 분간도 안 되는 물체였다.

그러나 그것이 목에 박히자 오장두의 신형이 뻣뻣이 굳어지며 통나무처럼 쿵! 하고 바닥으로 쓰러졌다.

사진혜가 던진 매화표(梅花鏢)였다.

그러나 아주 은밀하게 던졌기에 누가 어디에서 던진 것인지는 아무도 알지 못했다.

피피피펑—

사진용의 손에서도 은밀하게 암기들이 쏟아졌다.

영문도 모르고 쓰러진 오장두를 보며 어리둥절해 서 있던 사내 다섯 명이 한꺼번에 쓰러졌다.

"누, 누구냐?"

"웬 놈이냐?"

뒤늦게 장현방 사내들이 고함을 지르며 사방을 두리번거렸다.

피잉—

다시 파공음이 들리며 고함을 지르던 사내들이 쓰러졌다.

"어떤 쥐새끼 같은 놈들이?"

또 다른 사내 하나가 고함을 질렀지만 그 역시 팽이처럼 맴돌다 푹 꼬꾸라졌다.

돌연한 사태에 장현방 방도들이 앞으로 치고나가지 못하고 주춤거렸다.

피피피펑—

계속해 진원지를 알 수 없는 파공음이 들리며 열 명도 넘는 장현방도가 쓰러졌다.

이번에는 사진용과 사진혜가 동시에 암기를 날린 것이다.

“대체 어떤 놈이냐!”

악을 쓰며 고함을 질렀지만 모두 뒤로 물러났다.

순식간에 스무 명도 넘는 방도가 쓰러졌다.

모두 사혈이나 마혈에 격중되었는지 쓰러진 후 꼼짝도 하지 못했다.

그런데도 아직 누가 암기를 던졌는지 방향도 잡지 못하고 있었다.

이러다가는 진성무관을 점령하기는커녕 일각도 되기 전에 모두 쓰러질 것 같았다.

사진용과 사진혜의 가세로 인해 순식간에 전세가 역전되자 진성무관의 관도들이 함성을 질렀다.

이렇게 반전시키기가 힘들지 일단 반전되고 기세가 오르면 그때부터는 파죽지세로 치고나갈 수가 있다.

“쳐라!”

뒤로 밀리던 진성무관 관도들이 고함을 지르며 앞으로 밀고나왔다.

“크윽!”

“으윽!”

연신 비명 소리가 터지며 장현방도들이 쓰러졌다.

언제 어디서 날아올지 알 수 없는 암기는 심한 공포감을 안겨주어 제대로 싸울 수 없었다.

"물러서라!"

고함 소리가 들리며 중년인 하나가 두 명의 청년을 끌고 나타났다.

중년인은 장현방의 내당당주 황엽이었고 그가 끌고 온 청년들은 진성무관 관도였다.

그의 등장과 함께 장현방도들이 일제히 뒤로 물러나며 잠시 대치상태가 되었다.

"어떤 놈인지 나오지 않으면 이놈들을 죽이겠다."

황엽이 검을 쳐들어 인질로 잡은 진성무관 청년들의 목에 가져다댔다.

청년들의 목에서 금방 선혈이 흘러내렸다.

그렇게 조금만 더 힘을 준다면 경동맥이 끊기고 절명할 것 같았다.

"으윽!"

황엽이 조금 더 힘을 주자 청년 하나가 비명을 토했다. 동시에 청년의 목에서 흐르는 피가 훨씬 많아졌다.

피잉―

황엽을 향해 암기 하나가 날았다.

땅!

철목당주 오장두와 달리, 미리 잔뜩 경계하고 있던 황엽이 검으로 암기를 쳐 냈다.

"두 놈을 죽여주지!"

황엽이 검을 쳐들었다.

"잠깐!"

사진용이 손을 들어 올리며 천천히 앞으로 나섰다.

그의 손에 몇 개의 동전이 끼워져 있었다.

사진용은 누구나 들고 다니는 동전을 암기로 사용해 장현 방도들을 쓰러뜨린 것이다.

"네놈이 쥐새끼였군!"

황엽이 콧김을 내뿜으며 눈을 번뜩였다.

"야밤에 남의 집 담을 넘는 네놈들은 뭐냐?"

사진용이 손에 든 동전을 비벼 까까각! 까가각! 하는 소리를 내며 대꾸했다.

"무어라?"

황엽이 다시 콧김을 내뿜었지만 마땅히 대꾸할 말이 없었다.

"이놈들부터 죽이겠다."

분기를 이기지 못한 황엽이 두 청년을 향해 검을 쳐들었다.

쉬이이익—

사진용의 신형이 공간을 파고들어 황엽의 코앞에서 솟아 올랐다.

“으흑!”

황엽이 대경실색하며 청년들을 향해 내려치던 검의 궤적을 바꾸어 사진용을 향해 휘둘렀다.

그러나 황엽이 제대로 검을 휘두르기도 전에 빈틈을 파고든 사진용의 검이 그의 어깨를 꿰뚫었다.

“크으윽!”

왼쪽 어깨가 반쯤 잘린 황엽이 비명을 질렀다.

검을 든 오른쪽 어깨는 아니었지만 워낙 상처가 커서 더 이상 대결은커녕 서 있는 것도 힘들었다.

“이젠 내가 널 죽여주지.”

사진용의 검이 허공을 갈랐다.

쉬이잉―

황엽의 목이 잘리려는 순간 섬뜩한 파공음과 함께 한가닥 시린 기운이 사진용의 등을 향해 쏟아졌다.

암기나 도검이 날아드는 느낌이 아니었다.

온몸의 솜털을 모조리 일어서게 만드는 이 느낌은 검기(劍氣)였다.

검을 회수한 사진용은 쾌속하게 신형을 틀어 등을 향해 덮쳐드는 검기를 잘라 나갔다.

파앙―

폭음이 일며 흙먼지가 허공으로 솟구쳤다.

주변에 있던 모든 사람이 한 발짝씩 뒤로 물러나며 대경한 눈으로 갑자기 등장한 사내를 쳐다보았다.

'으음!'

검기를 쳐 낸 검에서 전해지는 압력에 손목이 끊어질 것 같은 통증을 느낀 사진용도 가라앉은 눈으로 사내에게 시선을 모았다.

사십대 후반 정도의 중년인이었다.

비스듬히 검을 내린 모습과 함께 날카로운 눈매와 전신으로 흐르는 기도는 절정의 고수임을 단박에 느끼게 해주었다.

사진용의 눈이 더욱 차가워졌다.

검기를 날릴 수준이면 절대로 장현방 놈들이 아니다.

산적 출신이 대부분인 그들에게 이런 고수는 있을 리 없다. 장현방주라도 이보다는 한참 아래라고 들었다.

"네가 일전에 장현방 외당당주 옥기화를 병신으로 만든 놈이냐?"

중년인이 대답 대신 도로 물었다.

사진용이 흠칫 신형을 굳혔다.

중년 사내가 찾는 사람은 자신이 아니라 이한성이었다.

그러나 그건 상관이 없었다.

질문의 내용으로 보아 그는 장현방에서 온 것이 분명했다.

그렇다면 그 목적 또한 충분히 짐작이 갔다.

"그러는 당신은 누구시오?"

사진용은 서서히 내력을 끌어올리며 되물었다.

살수 특유의 무공을 익힌 그의 몸에서는 연신 칼날 같은 날카로운 기운이 퍼져 나왔다.

그의 옆에 있는 사진혜도 오빠 사진용에 못지않은 기운을 뿌리며 금방이라도 검을 뽑을 채비를 했다.

"난 장현방의 빈객으로 있는 생사혈검 오필만이라 하네."

오필만이 순순히 자신의 신분을 밝혔다.

"생사혈검!"

사진혜의 표정이 급격히 굳어졌다.

강호경험은 일천했지만 살막주의 자식으로 강호 고수들에 대한 정보는 누구보다 박식했다.

생사혈검 오필만이라면 실전검의 고수이고 냉혈의 승부사라 들었다.

어디서 누구에게 검법을 배웠는지는 모르겠지만 강호의 뭇 고수들을 찾아다니며 비무행을 벌이며 그 과정에서 죽을 뻔한 위기도 숱하게 겪었지만 아직까지 살아남았고 수없이 담금질된 쇠처럼 단단한 실력을 갖추게 되었다고 했다.

살수에게 있어 저런 유형의 고수가 가장 위험하다.

살수무공의 특징은 상대의 약점을 순식간에 파고들어 그곳에 검을 찔러 넣고 상대를 처치한다.

그래서 살수들은 번번이 자신보다 몇 수 높은 고수들을 꺾기도 한다.

하지만 오필만처럼 수많은 실전을 통해 고수의 반열에 오른 무인들은 최악의 상대다.

그들은 수많은 비무를 통해 자신의 약점을 고치고 또 고치며 고수의 반열에 오른 사람들이다.

그야말로 살수들이 노릴 만한 빈틈을 철저히 메워 파고들 틈이 없는 무인들이다.

그에 더해 검기까지 날릴 만한 내력을 소유하고 있다면 몇 배로 더 위험하다.

자신들은 아직 그만한 검기를 날릴 수 없다.

한조산에게 혹독한 수련을 받은 이한성은 충분히 가능했지만, 아니, 오필만이 날린 검기보다 훨씬 더 무거운 검기를 날릴 수 있지만 자신들은 아니다.

살막 출신인 그들은 엄청난 내력을 쏟아부으며 검기를 날리는 것보다는 좀 전처럼 암기를 날리는 것이 훨씬 효과적이다.

하지만 무엇보다 그만한 내력을 쌓지 못했다.

무거운 내력은 상승심법과 함께 오랜 전통이 스며든 정종무공을 익혀야 가능했다.

어쨌든 마주한 저자는 자신들에게 최악의 상대라 할 수 있었다.

“당신이 언제부터 장현방의 빈객이었죠?”

사진혜가 날카로운 눈으로 오필만을 쳐다보며 쏘아붙였다.

“그러는 자네들은 언제부터 이곳 식객이었나?”

오필만이 지지 않고 대꾸했다.

차분한 말투였지만 그 속에서 강한 투지가 느껴졌다.

‘좋지 않다!’

시진용은 본능적인 긴장감으로 몸이 굳어옴을 느꼈다.

아무리 탐색을 해보아도 오필만에게서는 빈틈이 보이지 않았다.

무방비 상태로 서 있는 것 같았지만 그 모습에서는 한 점의 틈도 보이지 않았다.

수많은 실전에서 그의 몸은 무의식적으로도 빈틈을 내보이지 않았다.

“대체 누군가?”

식솔들과 가족들을 대피시킨 진성무관주 강이환이 몇 명의 젊은이와 함께 안채의 대문을 열고 나타났다.

“저자가 누구냐고 물었다.”

모두 굳은 표정으로 대답을 않자 강이환이 목소리를 높여 다시 물었다.

그 역시 오필만의 전신에서 자연스럽게 피어오르는 기운을 읽고 내심 극도의 긴장을 느끼고 있었다.

“생사혈검 오필만입니다.”

장정환이 오필만의 별호와 이름을 밝혔다.

“생사혈검!”

강이환과 그 옆에 있던 청년들이 외마디 비명을 토했다.

그는 사파인도 아니었지만 정파인도 아니었다.

오로지 비무만을 위해 늑대처럼 강호를 떠도는 무인이었다.

그와 비무를 한 사람은 반 이상 죽었거나 병신이 되었다.

그런 그가 장현방 놈들과 함께 나타나다니?

"당신이 이곳을 찾은 이유가 무엇이오?"

냉정을 되찾은 강이환이 차가운 음성으로 물었다.

"곧 알게 되겠지."

오필만이 짤막하게 답했다.

"장현방의 개가 되었나요?"

사진혜가 오필만을 도발했다.

아무리 탐색을 해도 빈틈을 찾지 못한 그녀의 의도적인 도발이었다.

오필만의 눈빛이 흔들렸다.

누구에게도 얽매이지 않고 더 강한 상대를 찾아 평생 혼자 떠돈 그였기에 누구의 개가 되었다는 말은 죽기보다 싫었다.

"일행은 세 명이라 들었다."

오필만이 사진혜와 사진용의 뒤쪽을 보며 물었다.

장현방에서 들은 이한성을 찾는 것이다.

"사형까지 나올 필요 없어요."

사진혜가 쌀쌀하게 답했다.

“그럴까?”

오필만이 냉소를 머금었다.

“얼마짜리 개인가요?”

사진혜가 다시 도발했다.

스르릉—

오필만이 대답 대신 검을 뽑았다.

그의 검에서 피 냄새가 물씬 피어올랐다.

수많은 사람의 피를 먹은 그의 검은 깨끗이 닦여 있었지만 진기가 스며들자 진한 피 냄새를 뿜어냈다.

챙!

쨍!

사진용과 사진혜도 검을 뽑았다.

자신들을 베겠다는 뚜렷한 목적을 가지고 온 사내였다.

그런 사람에게 대화라는 것은 상대를 확인하는 최소한의 행위일 뿐이다.

이제 상대를 확인했으니 더 이상 대화는 불필요한 것이다.

사진용은 검을 뒤로 돌려 배검식을 취했다.

그의 검에서 사방을 얼릴 듯한 기운이 연신 쏟아져 나왔다.

“물러서라! 그리고 내가 지시하기 전에는 절대로 경거망동하지 마라!”

강이환이 싸움터로 달려들 준비를 하고 있는 청년들을 향해서 고함을 질렀다.

그들이 대결에 가세하는 것은 불속으로 뛰어드는 나방이나 마찬가지다. 혹여 그렇지 않더라도 방해만 될 뿐이다.

"방해하지 말고 기다려라. 그래도 늦지 않다."

장현방의 내당당주 황엽도 손을 들어 부하들을 제지했다.

오필만이 저 애송이 둘만 꺾어주면 그다음은 정해진 싸움이었다.

기세가 꺾인 진성무관 놈들은 더 이상 장현방의 상대가 되지 못할 것이다.

오늘부로 진성무관은 무너지고 허창의 패자는 장현방이 되는 것이다.

장현방 방도들과 진성무관 관도들이 대치한 상태에서 오필만과 사진용 남매는 마주 서서 서로를 노려보고 있었다.

"둘이 한꺼번에 덤벼도 좋다."

오필만이 사진용을 향해 말했다.

결코 상대를 얕보거나 모욕을 주기 위함이 아니었다.

평생 검 한 자루를 들고 온 중원을 헤매고 다녔지만 단 한 번도 자존심을 꺾지 않은 삶이었다.

일대협객은 아니었지만 그렇다고 사마외도의 무리도 아니었다.

한 자루 검에 자신의 모든 것을 걸고 한 점 부끄럼 없이 살았다.

하지만 지금은 그런 자부심이 깡그리 무너진 상태였다.

동생을 살리기 위해 매기자(賣技者)나 마찬가지로 이곳에 왔다.

그런 자괴감 때문에 오필만은 처음부터 합공을 권했다.

그것은 마지막 자존심이었다.

그것마저 무너지면 검을 들기도 전에 쓰러질 것 같았다.

오필만의 진심이야 어찌 되었든 사진용의 입장에서는 그 제안은 모욕이었다.

"나 혼자로도 충분하다!"

분기탱천한 사진용의 신형이 허공 속으로 파고들었다.

第四十六章
진성무관의 몰락

사진용의 신형이 갑자기 사라졌다.

은영각주 우무상에게서 배운 술법을 이용한 은형술이었
다.

쉬이익!

사라졌다가 오필만의 코앞에서 나타난 사진용이 일도양단
의 기세로 검을 내리그었다.

오필만이 움찔 뒤로 물러났다.

한 발 물러난 오필만이 쾌속하게 검을 쳐 올렸다.

수많은 실전 경험을 통해 시각이 인식하기 전에 몸이 먼저
반응을 한 것이다.

쨍―

오필만의 검이 가까스로 사진용의 검을 막았다.

자칫했으면 목이 달아날 뻔한 간발의 차였다.

그러나 촌각도 지체하지 않고 사진용의 검이 다시 허공을 찢었다.

쉬쉬쉬쉭!

사진용의 검이 어지러운 검초를 연달아 펼쳤다.

어느 것이 실초이고 어느 것이 허초인지 도저히 구분할 수 없는 환검식이었다.

그러나 오필만의 눈은 흔들리지 않고 실초들을 향해 검을 쳐 올렸다.

까까깡!

순식간에 열 번도 넘게 검이 부딪쳤다.

살수의 검과 실전으로 단련된 검은 서로 한치의 물러섬도 없이 살벌하기 짝이 없는 장면을 연출했다.

쉬이익―

사진용의 검이 기이한 각도로 구부러지며 오필만의 사혈을 파고들었다.

파앗―

오필만이 휘청 신형을 뒤로 눕히며 검을 쳐 올렸다.

실전으로 단련된 고도의 수련이 아니고는 절대로 나올 수 없는 동작이었다. 그러면서도 한치의 빈틈도 보이지 않았다.

까강—

다시 검을 마주친 사진용이 내심 신음을 삼켰다.

아무리 뒤흔들어도 틈이 보이지 않았다.

오히려 상대의 검은 자신의 틈을 노리고 있었다.

살수가 상대에게서 틈을 찾지 못한다면 더 이상 할 것은 암기술이나 환술, 독공뿐이었다.

스스스—

사진용의 신형이 흐릿하게 흩어졌다.

다시 펼쳐진 허공은형술이었다.

"허튼 수작!"

오필만이 고함과 함께 검을 크게 휘둘렀다.

파츠츠츠—

마른 나뭇가지가 타들어가는 듯한 음향과 함께 오필만의 검에서 검기가 쏟아졌다.

콰앙—

오필만 앞 땅거죽이 터지며 흙더미가 튀어올랐다.

그곳은 사진용의 신형이 유령처럼 스며든 곳이었다. 그러나 오필만의 감각은 그것을 간파했다.

까앙—

다시 날카로운 검명이 터지며 불똥이 튀었다.

"젠장!"

인상을 찌푸린 사진용이 역정을 내뱉었다.

호구가 찢어질 듯 아팠다.

내력 면에서는 오필만이 한참 고수였다.

아니, 모든 면에서 오필만은 사진용보다 두어 수는 고수였다.

그러나 무엇보다 심각한 것은 그의 검법이 사진용이 익힌 검법에 천적이라는 점이었다.

다른 고수라면 사진용의 변화무쌍한 수법들에 당황하고 허점을 몇 번이나 내보였을 텐데 오필만은 단 한 번도 허점을 드러내지 않았다.

그것이 두려운 점이었다.

베었는가 싶으면 어느새 흩어져 사라지고, 느슨해졌나 싶으면 밧줄처럼 옭죄어왔다.

수많은 실전을 통해 철저히 단련된 칡넝쿨같이 질긴 느낌의 상대였다.

"이젠 밑천이 드러난 것이냐?"

오필만이 이를 드러내며 웃었다.

"아직 아니지!"

이제껏 지켜보기만 하던 사진혜가 나서며 차갑게 답했다.

처음부터 합공을 하라고 했지만 오빠 사진용의 자존심을 상하지 않기 위해 쳐다보기만 했다. 그러나 이젠 합공을 할 생각이었고 그러면 양상이 달라질 것이다.

"처음부터 그랬어야지. 그럼 시간을 끌 필요가 없었지."

이젠 모든 것을 파악했다는 듯 오필만이 노도처럼 휘몰아쳤다.

"하앗!"

사진혜도 기합성을 지르며 사진용과 함께 오필만을 쳐 나갔다.

사진혜가 가세하자 양상이 또 달라졌다.

사진용이 정공법으로 쳐 나가면 사진혜는 끊임없이 오필만의 신경을 건드리며 약점을 드러나게 만들었다.

오필만의 이마에서 땀방울이 흘러내렸다.

이제껏 많은 무인을 상대해 봤지만 이런 경우는 처음이었다.

대부분 일대일의 대결이었고 드물게는 합공도 받아보았지만 이렇게 철저히 약점을 파고드는 검초는 겪어본 적이 없다.

추호의 방심이라도 한다면 두 사람의 검이 목을 관통할 것 같았다.

내력이나 경험에 있어서는 아직 자신의 상대들이 아니었다.

그러나 지독하게 변칙적인 검초와 약점을 파고드는 수법은 간담이 서늘할 지경이었다.

따다당—

두 자루의 검을 쳐 내는 오필만의 눈이 무섭게 가라앉았다.

수많은 비무 속에서 다져진 경험이 지금 이 순간 그를 지배

하고 있었다.

이 승부를 끝내기 위해서는 맞불을 놓아야 한다.

상대가 약점을 파고든다면 자신 역시 더 그렇게 해야 한다.

자신의 약점은 최소화하고 상대의 약점은 최대한 이용해야 한다.

상대의 약점은 부족한 경험과 내력이다. 그것을 최대한 이용해야 한다.

쉬쉬쉬익―

오필만의 검이 빠르게 움직였다.

언뜻 보기에 어지러운 검초를 쾌속하게 펼치는 것 같았다.

그러나 그것은 환검(幻劍)이 아니라 구성의 내력을 쏟아부은 중검(重劍)이었다.

따앙―

고막이 터질 듯한 쇳소리가 울렸다.

환검인 줄 알고 마주쳐 가다가 엄청난 무게의 중검에 부딪친 사진용과 사진혜의 얼굴이 핼쑥해졌다.

이윽고 두 자루의 검이 휘청 뒤로 튕겼다.

휘이익―

오필만의 검이 두 자루의 검 사이로 파고들었다.

깡!

까강!

다시 검이 부딪치며 불꽃이 튀었다.

사진용과 사진혜의 검이 이번에는 더 크게 튀어올랐다.

한번 강한 내력에 밀리자 검초가 흐트러졌고 그것이 쉽게 만회가 되지 않았다.

실전검의 명수 오필만이기에 더욱 그랬다.

연신 검을 휘두르면서 사진혜의 왼손이 은밀하게 움직였다.

소매 속에 감춰둔 세침을 뿌리기 위함이었다.

자칫 신분이 드러날 수 있기에 최악의 경우가 아니면 사용하지 않으려고 했는데 이젠 어쩔 수 없었다.

한번 밀리기 시작한 검초는 점점 더 많은 파탄이 드러났다.

사진혜는 세침을 이동시켜 손바닥에 가득 쥐었다.

송침보다 더 짧고 가는 세침(細針)은 원거리에서는 큰 위력을 발휘하지 못하지만 이런 근접전에서는 치명적인 무기가 된다.

눈이나 사혈을 파고들면 제 실력을 발휘할 수 없음은 물론이고 치명적인 상처를 입을 수도 있다.

어느 순간 검을 휘두르던 사진혜가 왼손을 뿌렸다.

피피피핑!

세침들이 오필만의 얼굴과 가슴을 향해 쾌속하게 파고들었다.

쉬이익—

오필만의 검이 순간적으로 어지럽게 흔들렸다.

수많은 실전에서 이런 경우도 당해보았기에 가능한 움직임이었다.

따다다다당—

흡사 벌떼처럼 날아가던 세침들이 모두 튕겨났다. 그리고는 오히려 사진혜를 향해 날아들었다.

"피해!"

사진용이 오필만을 향해 찔러가던 검을 돌려 세침들을 쳐냈다.

그 순간 오필만의 검이 사진용의 허리를 때렸다.

퍼억!

갈비뼈가 부러질 듯한 음향이 터지며 사진용이 그 자리에서 무너졌다.

"오라버니!"

사진혜가 고함을 지르며 사진용을 붙잡으려 했지만 그녀 역시 오필만의 검신에 허리를 가격당하고 그 자리에서 무너졌다.

"후욱!"

오필만이 가쁜 호흡을 토해냈다.

근래에 들어 가장 힘든 승부였다.

철저히 약점을 파고드는 두 자루의 검은 악마의 혓바닥처럼 날카로웠다.

조금이라도 방심을 했으면 누워 있는 사람은 자신일 것이다. 특히 마지막 순간에 튀어나온 세침은 이전에 경험해 보지 않았다면 속수무책으로 당했을 수법이었다.

예전에 그렇게 암기를 던진 인간은 훨씬 어설펐다. 그러나 그때의 일이 오늘의 살벌한 암기를 대비하는 훌륭한 경험이 되었다.

"와아!"

오필만이 사진용과 사진혜를 쓰러뜨리자 장현방 방도들이 함성을 질렀다.

이젠 거칠 것이 없었다.

무관주와 그의 두 동생이 남아 있지만 기세는 이미 장현방으로 기울었다. 어디서 왔는지 모를 젊은 놈들 셋만 아니라면 벌써 훨씬 전에 이긴 싸움이었다.

"우선 이 이것들부터 요절을 내자."

쓰러진 사진용 남매를 향해 장현방도 몇 명이 멧돼지처럼 달려왔다.

나이보다 훨씬 성숙한 사진혜의 몸은 절로 숨이 가빠지게 만들었다.

파앗―

오필만의 검이 허공을 갈랐다.

달려들던 장현방도의 팔 하나가 허공으로 떠올랐다.

"아아악!"

팔이 잘린 장한이 목이 터져라 비명을 지르며 바닥을 뒹굴었다.

"왜……?"

같이 달려들려던 사내들이 두 눈을 둥그렇게 뜨고 오필만을 쳐다보았다.

"네놈들은 네놈들 싸움에나 충실해라!"

오필만이 싸늘하게 말하며 검을 들어 올려 사내들을 겨눴다.

"어헉!"

기겁을 한 사내들이 뒤로 물러났다.

잠시 후 그들은 다른 동료들과 함께 진성무관 관도들을 향해 검을 휘둘러 갔다.

오필만이 말한 그들의 싸움에 충실하기 위함이었다.

달려들던 사내들을 물리친 오필만은 사진용과 사진혜를 들어 올려 양쪽 허리에 끼었다.

두 사람을 꺾었지만 자신의 목적은 이들이 아니었다.

맨손으로 검을 잡고 꺾어버렸다는 청년!

장현방 외당당주 옥기화를 병신으로 만들고 검기로 커다란 구덩이를 팠다는 그 청년이 목적이었다.

그런데 그 청년은 나타나지 않았다.

동료 두 명이 쓰러졌는데도 끝내 모습을 드러내지 않는다는 것은 지금 이곳에 없다는 말이다.

그 청년을 쓰러뜨려야 장현방과의 약속을 확실히 이행하

는 것이다.

그 청년이 다시 나타난다면 장현방이 지금의 진성무관과 같은 꼴을 당할 수도 있다.

진정한 승부는 그 청년과 겨루어야 했다.

오필만의 심장이 방망이질 쳤다.

나이는 한참 어렸지만 그는 절정고수였다.

장현방과의 약속과는 상관없이 그 청년과 실전검의 수련을 해보고 싶었다.

그때까지 이 두 사람은 자신이 인질로 데리고 있을 생각이었다.

이들에게 해코지를 하여 상대의 마음을 뒤흔드는 식의 비겁한 승부는 원하지 않는다.

단 한 번이라도 그런 승부를 했다면 지금의 경지에 오르지 못했을 것이다.

"그들을 어쩔 생각이오?"

장현방의 총관 구일준이 다가오며 물었다.

그는 주변에서 한창 벌어지고 있는 격전과는 전혀 상관없다는 듯 뒷짐을 지고 유유자적하고 있었다.

"내가 원한 상대는 이들이 아니오,"

오필만이 잘라 말했다.

"그럼 그들은 버려도 되지 않소?"

구일준의 눈이 사진혜의 몸을 훑었다.

"그건 내가 알아서 할 일이오."

오필만의 몸에서 살기가 피어올랐다.

구일준은 잠시 표정을 굳혔지만 이내 고개를 끄덕였다.

인정하기 싫었지만 오필만은 자신보다 고수였다. 또한 진성무관에 나타난 세 놈 중에 한 놈은 보이지 않았다.

그놈이 진짜 고수라 했다.

잠시 출타했다면 조만간 돌아올 것이다. 그때 생사혈검은 다시 나서야 했다. 그때까지는 최대한 비위를 맞춰줄 수밖에 없었다.

"좋도록 하시오."

피식 웃은 구일준이 내당으로 향했다.

내당까지 밀려간 진성무관주와 그 식솔들을 사로잡고 전리품을 챙기는 등의 일은 그의 몫이었다.

그걸 정리하고 나면 조직의 교두보는 자연스럽게 마련된다.

깡!

까앙―

내당에서는 훨씬 치열한 전투가 전개되고 있었다.

기세에 밀려 내당으로 후퇴한 진성무관 관도들은 배수진을 친 심정으로 검을 휘두르고 있었다.

"크윽!"

“으윽!”

장현방 방도들의 비명이 연신 흘러나왔다.

필사적으로 방어를 하는 진성무관의 저항은 상상외로 거세었다.

특히 동백파에서 수련한 강이환과 그의 두 동생이 휘두르는 검은 번번히 장현방 방도들의 목을 날리거나 심장을 가르고 있었다.

‘제법!’

여전히 뒷짐을 쥔 구일준이 세 사람을 노려보며 손가락을 움직였다.

그의 손가락이 독수리의 그것처럼 날카롭게 펼쳐졌다.

쉬이익—

구일준의 신형이 장현방 방도 사이로 스며들었다.

그 움직임은 내당 당주나 철목당 당주도 따를 수 없는 수법이었다.

쉬쉬쉭—

강이환의 뒤쪽에서 쇄도해 든 구일준이 어지럽게 팔을 흔들었다.

“형님!”

강정환이 놀란 눈으로 고함을 질렀다.

강이환이 반사적으로 뒤쪽을 향해 검을 휘둘렀다.

따당—

구일준의 손이 강이환의 검 옆면을 두드리며 뱀처럼 타고 올랐다.

파파팟―

구일준의 손끝이 강이환의 손목을 찍었다.

"으윽!"

강이환이 신음을 토했다.

구일준의 손끝을 통해 전해지는 시린 기운이 온 팔을 무기력하게 만들고 심장까지 뒤흔들었다.

결코 정파의 기운이 아닌, 무언가 사악한 냄새가 나는 기운이었다.

쨍―

강이환이 검을 떨어뜨렸다.

"형님!"

강정환이 고함을 지르며 구일준을 향해 검을 휘둘렀다.

그러나 한발 빠르게 구일준의 손이 강정환의 어깨를 찍었다.

파앗―

송곳에 찔린 것처럼 강정환의 어깨에서 선혈이 튀었다.

"크윽!"

강정환이 비명을 지르며 그의 형처럼 검을 떨어뜨렸다.

"이젠 너희가 맡아라!"

구일준은 다시 뒷짐을 쥔 채 안채로 향했다.

쉬익―

진성관주 강이환의 막냇동생 강민환이 문짝을 향해 벼락같이 검을 휘둘렀다.

마지막 보루라 할 수 있는 관주 처소까지 다가오는 적도를 향해서였다.

와장창―

문이 박살이 나며 떨어져 나갔다.

문 밖에 한 사람이 서 있었다.

문사건을 머리에 동여맨 중년인이었는데 전혀 다친 데가 없었다.

벼락처럼 휘두른 강민환의 검은 애꿎은 문짝만 잘랐다는 말이다.

"숙부님!"

"아, 아버지!"

침입자를 본 식구들이 비명을 지르며 실내 구석으로 몰려갔다.

"침착하십시오, 형수님. 놈은 내가 맡을 테니 어서 저 문으로……."

강민환의 말이 끝나기도 전에 구일준의 신형이 갈대처럼 흔들리며 다가와 강민환의 가슴을 두드렸다.

퍼억!

파육음이 터지며 강민환이 이 장 가까이 날아갔다.

“아악!”

“아버지!”

여인들의 비명 소리가 실내를 진동시켰다.

“하앗!”

청년 몇 명이 구일준에게 달려들었다.

구일준의 몸이 슬쩍 한 바퀴 돌았다. 그러자 달려들던 청년들이 한꺼번에 쓰러졌다.

“아악—”

“오라버니—”

울음 섞인 비명들이 이곳저곳에서 터져 나왔다.

“쉬이—”

구일준이 손가락 하나를 입에 갖다댔다.

조금도 서두르지 않는 여유로운 모습이었다.

“말을 잘 들을수록 편해지오. 그러니 조용히 하시오.”

구일준의 낮은 목소리에 여인들이 입을 다물었다. 그리고는 구일준의 눈치만 살폈다.

이런 상황에선 난리를 치거나 야단법석을 떨면 상황만 악화될 뿐이었다.

“당신!”

구일준이 한쪽에 있는 중년인을 가리켰다.

진성무관 식솔들과 함께 이곳에 몸을 피신해 있던 산동제일의 천호연이었다.

구일준의 지적을 받은 천호연이 눈을 크게 떴다.

"당신이 할 일이 있소."

구일준이 손짓으로 천호연을 불렀다.

그러나 천호연은 몸을 움직이지 않았다.

"당신이 어떻게 하느냐에 따라 저 여인들이 죽을 수도 있고 살 수도 있소."

단언하듯 말한 구일준이 다시 손짓으로 천호연을 불렀다.

第四十七章
모색(摸索)

"그 아이… 아니, 한성이 소식은 없는가?"

정주유검가의 가주 유세천이 막냇동생 유세강을 향해 물었다.

그는 유세연 바로 위의 동생으로 유세연이 사망하며 자연스럽게 가주의 막냇동생이 되었다.

그는 남아 있는 유세천 형제 중에서 가장 두뇌 회전이 빨라 가문에서는 군사 역할을 하고 있었다.

"아직 아무런 연락이 없습니다."

유세강이 신중한 표정으로 답했다.

"바람 같은 아이군."

유세천이 혀를 찼다.

새벽까지 술을 마시고 다른 아이들은 다 뻗었는데 그는 말짱하게 일어나서 곧바로 어디론가 떠났다.

아무리 젊고 내력이 충실하다고 하지만 그렇게 밤을 새워 마셨으면 피곤할 만도 한데 자신에게 출타를 요청하는 그의 얼굴에는 한 점도 그런 기운이 남아 있지 않았다.

"아버지를 닮아서 그렇겠지요."

유세강이 아련한 미소를 지었다.

유세연은 바로 아래 동생이었기에 어린 시절 가장 많이 붙어 다녔다.

어려서부터 유세연은 밖으로 나도는 것을 좋아했다.

검술을 연마하느라 연무장에 틀어박혀 있어 그럴 기회가 없어서 그렇지 살아 있어 대성을 이루었다면 그 후에는 바람처럼 세상을 주유했을 것이다.

이한성의 등장으로 인해 유세강의 뇌리에는 하나뿐인 동생 유세연이 되살아나고 있었다.

"그래. 그렇지. 세연이도 어릴 때는 틈만 나면 밖으로 나돌았지."

유세천의 얼굴에도 아련한 미소가 어렸다.

자꾸만 잊혀져, 아무리 떠올리려 해도 흐릿해진 막냇동생의 얼굴이 이한성의 등장과, 며칠 전 복면인들을 상대로 검을 휘두르던 모습을 본 후 또렷하게 떠올랐다.

"그런데 그가 휘두르던 검법이 무엇인지 형님은 짐작이 가십니까?"

유세강의 눈이 어느새 깊고 날카롭게 변했다.

흡사 노도처럼 패도적인 검법이었다.

그런데도 어느 곳에서도 뿌리를 추측할 수 있는 특징이 드러나지 않았다.

그런 극강한 힘을 가진 검법에서 원류를 추측할 수 없다는 것은 무척이나 혼란스러웠다.

"청산거사 조한산이라고 했던가?"

유세천이 눈을 가늘게 뜨며 말했다.

아무리 뇌리 속을 헤집어도 들어본 적이 없는 이름이고 별호였다.

아니, 그게 아니라 너무 흔한 별호여서 오히려 오리무중이었다.

"설마 마도의 검은 아니겠지요?"

유세강이 긴장된 표정을 지었다.

순식간에 복면인들을 베어버리고 도주하는 자들까지 비검술을 펼쳐 처단하는 손속은 마도인들이라도 치를 떨 만큼 비정하고도 잔인했다.

"마도의 검이 그렇게 무겁고 웅혼하다는 말은 들은 적이 없네."

유세천이 피식 웃으며 답했다.

“설사 마도라 하더라도 우리 핏줄인 것은 변함이 없는 것 아닌가?”

유세천이 유세강을 정시하며 물었다.

“그야 말해 무엇하겠습니까. 워낙 궁금하다 보니 이런저런 생각이 다 들어 해본 소리입니다.”

유세강도 미소를 지었다.

“차차 알게 되겠지. 사부가 어떤 사람이고 그 사문이 어딘지. 하지만 절대로 평범한 곳은 아니란 생각이 드네. 아마도 구파일방을 뛰어넘는 역사와 오의를 터득한 문파일 걸세.”

유세천이 확신 가득한 음성으로 말했다.

“그렇다면 가문의 진혼사십팔검은 어떻게 되는 겁니까? 그 아이가 꿰뚫어볼 수 있을까요?”

유세강의 눈빛이 강렬해졌다.

현재 그의 가장 큰 관심은 그것이었다.

가문 최고의 기재 유세연에게 쏟아졌다가 허무하게 접어버린 그 기대감이 이제 그의 혈육인 이한성에게로 전이되고 있었다.

처음에는 자질을 따지기 전에 기구한 운명으로 가문의 절기를 익히기에는 너무 늦어버린 것이 한스러웠다.

그러나 그것은 자신들의 착각이었다.

이한성은 이미 자신들로서는 가늠이 불가능한 고수였다. 그런 사람이라면 유세연이 이루지 못한 가문의 숙원을 풀어

줄 수도 있지 않을까 하는 바람이 간절했다.

"글쎄. 이미 한 가지 무공으로 전신이 무장된 사람에게 전혀 새로운 무공은 무리일 것이야. 어느 정도 성취는 바랄 수 있겠지만 심득을 얻어 대성을 이루는 경지까지는 힘들겠지."

유세천이 무겁게 고개를 저었다.

검을 들어 올릴 수 있는 나이부터 진혼사십팔검을 익히고 그것을 평생 갈고닦으며 매진해도 대성을 이루지 못했다. 그런데 아무리 자질이 뛰어나다고 한들 스물이 다 되어 시작하여 대성을 이루는 것은 힘들 것이다.

"하지만……."

유세강은 여전히 미련을 버리지 못했다.

"하지만 뭔가?"

유세강의 강한 집착을 느낀 유세천이 유세강을 정시하며 물었다.

"열네 살 때까지 무공은 전혀 모르고 살다가 오 년 남짓한 세월 동안 그런 엄청난 고수가 된 데는 그만한 이유가 있다고 봅니다. 자질도 있겠지만 그 아이가 펼친 검법은 초상승의 무리에 바탕을 둔 검법이었다는 생각이 듭니다."

유세강이 확언하듯 말했다.

"그건 나도 인정하네. 검법도 검법이지만 내력 역시 엄청났으니까. 그런 짧은 기간에 그만한 내력과 검초를 펼칠 수 있는 검법이라면 현 강호에서 어깨를 견줄 만한 것이 얼마 없을 것 같았네.”

유세천도 고개를 끄덕였다.

“그런 정도의 상승무공을 이미 익혔다면 진혼사십팔검의 오의도 꿰뚫고 대성을 이루게 해줄 수도 있지 않을까 하는 생각이 듭니다.”

유세강이 간절한 음성으로 말했다.

“그렇다면 더 바랄 것이 없겠지. 그렇게만 된다면 지하에서 세연이도…….”

유세천은 말을 끝맺지 못했다.

“그 아이가 돌아오고 여유가 생기면 한번 시도해 보고 싶습니다.”

잠시 후 유세강이 결연한 표정으로 말했다.

“자네 생각은 알겠네. 언젠가 기회가 닿으면 폐관수련이라도 하며 가르쳐 보도록 하지.”

유세천이 고개를 끄덕이며 말했다.

그러나 유세강의 표정에서 무언가 위화감이 느껴졌다.

“왜 그러나? 마음에 안 드는 것이라도 있는가?”

유세천이 눈 사이를 좁히며 물었다.

“제 생각은 그게 아니라…….”

유세강이 유세천의 시선을 외면하며 말끝을 흐렸다.

“말해보게.”

유세천이 재촉했다.

"그 아이를 가르치는 것이 아니라, 형님께서 그 아이의 도움을 받아……."

유세강은 여전히 말끝을 흐렸다.

"그게……?"

유세천의 얼굴이 흠칫 굳어졌다가 무언가 깨달은 듯 눈을 빛냈다.

"그러니까… 네 말은 극상승의 무공을 익힌 그 아이라면 내가 대성을 이루게 도와줄 수 있을 것이다, 그 말인가?"

유세천은 비로소 유세강의 내심을 파악했다.

"현재 우리 가문에서 진혼사십팔검의 대성에 가장 가까이 접근한 사람은 형님이십니다. 그 아이가 아무리 무공의 천재라고 하더라도 심법부터 익히고 일성부터 시작해서 형님의 단계인 구성까지 오르려면 너무 많은 시간이 걸립니다. 더구나 다른 무공을 익힌 상태기에 그건 더욱 힘듭니다. 그러니……."

"자네 생각이 어떤 것인지는 더 설명하지 않아도 알겠네. 그 말이 맞아. 초상승의 무리를 깨우치고 그만한 경지에 도달한 아이라면 가문의 무공인 진혼사십팔검의 무리도 꿰뚫어보고 대성에 이를 길을 제시할 수도 있겠지. 맞아. 그런 방향으로 접근해야지. 내가 너무 틀에 박힌 생각만 했네."

유세천이 거듭 고개를 끄덕였다.

"이해해 주시니 감사합니다."

유세강이 고개를 숙였다.

"이해하고 말고가 어디 있겠나. 네가 말하지 않았더라도 하다 보면 결국 그렇게 흘러갔을 일이지. 그 아이는 자신의 무공에 대성을 이루도록 최선을 다해야겠지. 물론 진혼사십팔검을 파헤쳐 보다가 대성을 이루는 데 조금이라도 도움이 된다면 그보다 더 좋은 일이 없을 것이고……."

유세천이 심호흡을 했다.

"그 아이가 돌아오면 얼른 연무장으로 가서 진혼사십팔검을 펼치며 비무를 해보아야겠어. 그러면 뭔가 떠오르는 것이 있고, 천운이 따른다면 십성에 이르고 대성에 이를 수도 있겠지."

가슴이 뛰는지 유세천은 상체를 쭉 펴며 다시 길게 호흡을 이끌었다.

그때 여러 개의 다급한 발소리가 들려왔다.

"허창의 장현방이 진성무관을 습격했다고 합니다."

세 검대주와 유세진이 뛰어들며 보고를 했다.

최근 정호맹의 결성과 함께 정주와 정주 인근 문파끼리 서로 긴밀한 연락체계를 유지하기로 한 결과 허창의 소식도 빠르게 정주유검가로 전해진 것이다.

소식을 들은 가주 유세천과 유세강의 표정이 굳어졌다.

허창의 진성무관은 정주 소재의 문파가 아니라 정호회에 가입하지는 않았지만, 그곳 무관주와 유검가 가주 유세천은 친분이 있었기에 마음이 무거웠다.

그러나 더 큰 문제는 그런 사적인 친분이 아니라 최근 하남성 흑도문파들이 서로 따로 움직이는 것이 아니라 무언가 보이지 않는 손에 의해 움직이는 것이 확실했다. 그렇다면 허창의 일이 강 건너 불 보기가 아니었다.

허창의 진성무관에 일어난 일은 얼마 전에 복면을 쓴 괴한들이 이곳을 습격한 일의 연장선에 있을 가망성이 높았다.

"자세한 상황은?"

유세천이 굳은 얼굴로 물었다.

"더 자세한 것은 다른 소식이 들어와 봐야 알겠지만 함락될 가망성이 높습니다."

목검대주 목진열이 빠르게 답했다.

"쯧쯧! 그곳에도 미리 손을 썼어야 했는데."

유세천이 탄식을 토했다.

"다른 곳의 상황은 어떤가?"

유세천이 서철중에게 물었다.

"다른 곳에서는 아직 위급한 전서구는 날아오지 않았지만 그간의 연락을 종합해 보면 긴장이 고조되는 느낌입니다."

서철중도 긴장감이 도는 목소리로 답했다.

"그렇다면 진성무관과 같은 처지가 될 수도 있겠군요."

유세강이 무거운 음성으로 말했다.

"어느 곳이 가장 위험하게 느껴지는가?"

유세천이 다시 물었다.

"긴장감이 제일 높은 곳은 소가장이 있는 곳 같았습니다."

서철중이 신중한 표정으로 답했다.

소가장 인근에는 사왕파(蛇王波)라는 흑도방파가 있었는데 생긴 지는 이 년밖에 되지 않았지만 다른 흑도방파와 마찬가지로 최근 급격히 세를 불려 소가장의 신경을 건드리고 있었다.

소가장주 소정운은 지난번 유검가 회동에서 제일 연장자로 유세천의 심중을 가장 잘 헤아리며 정호회를 탄생시키는 데 공헌했고 그 자신은 정호회의 부회주 자리를 맡았다.

"특별한 연락은 오지 않았나?"

유세천이 벽에 걸린 지도를 쳐다보며 물었다.

지도에는 정주부의 지형이 세세하게 그려져 있었다.

그중에서도 무가가 있는 곳은 깃발이 꽂혀 있어 한눈에 정세 파악이 가능했다.

소가장은 정주부 외곽에 자리 잡고 있었다.

유검가와는 백 리 정도 떨어져 있었는데 말을 타고 달려간다고 해도 반나절은 걸려야 했다.

"그런 것은 없습니다. 그리고 당장은 무슨 일이 일어나지 않을 것입니다. 소가장주 소정운 대협의 무공이 높은 데다 사왕파는 최근 급성장했지만 장현방과 같은 힘은 구축하지 못했습니다. 숫자는 많아도 모두 어중이떠중이입니다."

“그런가? 하지만……."

유세천이 말끝을 흐렸다.

무언가 불길한 느낌을 받은 것 같았다.

“걸리는 점이라도 있습니까?”

목검대주 목진열이 물었다.

“그 어중이떠중이 놈들 중에 며칠 전 우리 가문을 습격했던 복면인 같은 자들을 다섯만 섞어 놓는다면 어떨 것 같나?”

유세천의 가정에 정사일의 표정이 대번에 굳어졌다.

며칠 전 이곳을 습격한 놈들의 무공은 절대로 만만치 않았다.

직접 부딪쳐 보았으니 더욱 확실히 알 수 있었다.

검을 마주치는 순간 호구가 찢어지듯이 아팠다.

자신뿐만 아니라 서검대주나 정검대주 역시 마찬가지였다.

실제로 서검대주는 호구가 찢어져 검을 놓치기까지 했다. 그때 목검대주가 검을 쳐 내지 않았다면 목숨을 잃었을 것이다. 목검대주 역시 이한성이 비도를 던지지 않았으면 마찬가지였을 것이고…….

그들은 또 유세연의 아들 이한성이 나타나지 않았으면 어떤 화를 입었을지도 몰랐다.

그런 놈 다섯이 사왕파 놈들 속에 가세한다면?

그렇다면 소가장이 무너질 수도 있었다.

"그렇다면 지원군을 보내야 합니까?"

서철중이 물었다.

"아직은 아닐세. 그럴 준비도 되지 않았고."

"그럼?"

"우선 타격대부터 조직하도록 하세. 다른 가문도 준비를 하고 있겠지만 우리부터 서둘러 인원을 뽑아 앞장을 서서 합류하도록 유도하세."

유세천은 며칠 전 명숙 회동에서 결정된 타격대 조직을 서두르고자 했다.

아무리 연맹을 결성하더라도 말만으로는 아무 소용이 없다. 조직 결성에 따른 무력이 동반되어야 그 연맹이 의미가 있는 것이다.

"인원은 얼마나 할까요?"

정사일이 약간 고조된 음성으로 물었다.

연맹이 결성되고 타격대가 만들어진다는 것은 검을 든 무인에게 피 끓는 일이 될 수도 있지만 본격적인 전쟁 상황으로 돌입한다는 것이기도 하다.

전쟁 상황이 벌어지면 어떻게 될지는 아무도 모른다.

어떤 가문에는 그것이 큰 기회가 될 수도 있겠지만 반대로 어떤 가문은 전쟁의 폭풍우에 휘말려 하루아침에 몰락할 수도 있다.

난세는 영웅을 탄생시킨다고도 한다.

그 영웅이 자신 중에서 나온다면 더없이 좋겠지만 그렇지 못한다면 쇠락을 면할 수 없다.

과연 난세의 파도는 어디를 덮칠 것인가?

흥분되면서도 긴장되었다.

"각 검대에서 서른 명씩 추려 구십 명으로 하고 열 명은 우리 아이들로 하여 백 명을 맞추는 게 어떻겠나?"

유세천이 의견을 제시했다.

"그 정도면 적당할 것 같습니다. 나중에 필요하면 더 뽑더라도 우선은 그 정도로 정해놓으면 다른 방파들도 수를 맞출 것입니다."

정사일이 고개를 끄덕이며 동의했다.

"그럼 타격대주는 누구로 할까요?"

서철중이 물었다.

"그건 다른 가문의 인원들이 다 모이면 정해야 할 일이지. 다 모이다 보면 두드러지는 사람이 있을 테고……."

"그렇군요. 그럼 당장 인원을 선별하도록 하겠습니다."

정검대주와 목검대주, 서검대주가 빠르게 실내를 벗어났다.

조력자
第四十八章

"이봐, 점소이!"

개방 외곽에 있는 객점 조향루(照香樓)에서 건장한 사내 한 명이 고함을 질렀다.

털북숭이장한인 그는 동료 세 명과 함께 점심을 겸해 술을 마시고 있었는데 동료 세 명도 덩치가 커서 그에 걸맞게 시킨 음식들도 푸짐했다.

구운 오리고기 두 마리에 만두가 네 접시, 그리고 오향육 두 접시를 시켰는데 거의 다 비워가고 있었다.

그들이 앉은 의자 옆에는 각각 한 자루의 도가 세워져 있는 것으로 보아 그들은 무인들인 모양이었다.

"네, 협사님들! 무엇을 더 드릴까요?"

점소이가 뛰어오며 반색을 했다.

이 정도만 해도 보통 사람들 세 배는 매상을 올린 것이다.

"뭘 더 시켜! 이게 누굴 돼지로 아나?"

털북숭이장한이 도끼눈을 하며 점소이를 쳐다보았다.

"그럼……."

점소이가 자라처럼 목을 움츠리며 연신 상체를 숙였다.

"이젠 다 먹었으니 차나 한 잔씩 가져와."

털북숭이가 차를 주문했다.

"차는 어떤 것으로……?"

점소이가 다시 허리를 숙였다.

"이 정도 매상을 올려줬으면 차는 공짜로 주어야 하는 것 아닌가?"

옆에 있던 장한이 나서서 말했다.

염소수염을 한 날카로운 인상의 사내였다.

"그, 그건……. 알겠습니다. 제가 알아서 좋은 차로 올리겠습니다."

난처한 표정을 짓던 점소이가 얼른 태도를 바꾸며 답했다.

아직 어린 나이지만 융통성과 함께 싹수가 보이는 녀석이었다.

"그놈 참 똑똑하게 생겼군. 자, 이건 네 수고비다."

다른 장한 하나가 동전 몇 닢을 점소이 손바닥에 던져 주었다.

넓은 얼굴에 살집이 많아 넷 중에서 가장 후덕해 보였다.

"감사합니다. 협사님!"

점소이가 허리를 구십 도로 꺾어 절을 하고는 주방으로 달려갔다.

"그런데 허창은 이제 장현방 차지가 되는가?"

넷 중에서 눈썹이 유난히 짙은 사내가 입술을 닦으며 조금 들뜬 표정으로 말했다.

송충이같이 짙은 눈썹으로 인해 인상이 무척 강해 보이는 사내였다.

"그렇겠지. 진성무관을 쓸어버렸으니 이젠 그들이 패자가 되었다고 봐야겠지."

염소수염 사내가 말을 받으며 고개를 끄덕였다.

표정이 상기된 것으로 보아 허창의 상황이 고무적인 모양이었다.

"그럼 우리도 이제 슬슬 기지개를 펴야 할 때인 것 같아. 하남의 다른 곳에서도 흑도가 패권을 잡아가는데 우리라고 가만히 있을 수야 있겠나."

털북숭이가 주변을 흘끔거리며 말했다.

주변에는 여러 명의 사람이 점심을 들거나 차를 들고 있었는데 개중에는 명문가의 자녀로 보이는 사람들도 몇 있어 조심스러운 모양이었다.

특히 이곳은 개방 총단이 있는 곳이라 까딱 잘못했다가는 개방도들에게 뭇매를 맞을 수 있어 이제까지는 제대로 기를 펴지 못한 것이다.

사내들이 속한 방파는 천랑보(天狼堡)라는 곳으로 개봉 외곽에 자리했는데 세워진 지는 오래되었지만 그동안 별 두각을 나타내지 못하고 산적들보다 조금 나은 수준으로 존재했다. 그러다 최근 일 년 동안 다른 흑도방파와 마찬가지로 급격히 세를 불리며 이젠 주루에서도 목에 힘을 주고 이런 말까지 할 정도가 된 것이다.

"세월 좋아졌어. 후후!"

흘끔 주변의 눈치를 보던 털북숭이가 웃음을 터뜨렸다.

분명 명문가의 자제로 보이는 청년들이 자신의 목소리를 들었을 텐테 아무런 내색도 않은 채 식사에만 열중하고 있었다.

그들에게 있어선 정말 세월이 좋아진 셈이었다.

예전 같았으면 저런 청년들이 먼저 식사를 하고 있으면 먼저 들어왔더라도 슬그머니 자리를 비켜주어야 했다. 그렇지 않더라도 이렇게 목소리를 높이는 것은 생각도 못하고 모기 소리만큼 작은 목소리로 소곤거리다 나가야 했다.

"상전벽해(桑田碧海)란 말도 있지 않은가? 뽕나무 밭도 푸른 바다가 될 수 있지."

염소수염이 문자까지 쓰며 들으란 듯 더 큰 목소리로 말했다.

그래도 명문가의 자제로 보이는 청년들은 아무 반응 없이 식사에만 몰두했다.

최근 불어닥친 흑도중흥시대의 분위기 속에 그들과 시비가 붙어봐야 좋을 일이 없었기 때문이다.

예전 같으면 흠씬 두들겨 패서 쫓아버려도 뒤탈이 없었지만 요즘은 꼭 보복을 한다.

경제력이 나아진 탓에 자신들 힘으로 안 되면 자객이라도 사서 보낸다.

그것이 흑도중흥시대의 현상이었다.

"정말 눈꼴 시려 못 보겠네."

나직한 여인의 목소리가 흘렀다.

자신들끼리 들리도록 낮게 하는 말이었지만 그녀의 목소리가 꾀꼬리의 음성처럼 높다 보니 멀리까지 퍼져 나갔다.

맞은편에 앉은 청년이 얼른 단속을 시켰지만 목소리는 천랑보 사내들의 고막을 두드린 후였다.

"이런 망할……."

송충이 눈썹의 사내가 짙은 눈썹을 꿈틀거리며 고개를 돌렸다.

그러나 그의 눈에는 찾는 여인은 보이지 않고 훤칠한 키에 검을 등에 맨 청년의 모습만 보였다.

언제 다가왔는지 흑의경장 차림의 청년이 송충이 눈썹 뒤에 서 있었던 것이다.

"방금 하셨던 말 다시 해줄 수 있겠소?"

흑의청년이 차분하게 물었다.

"너, 넌 누구냐?"

송충이 눈썹이 잠시 허둥거리며 물었다.

바로 등 뒤에까지 다가왔는데도 알아차리지 못한 상황이 당황스러웠던 것이다.

그러나 상대가 나이 어린 청년이란 생각에 가슴을 폈다.

"저리 비켜! 시선 가리니까."

송충이 눈썹이 눈에 힘을 주며 흑의청년을 한번 노려본 후 자신들을 향해 힐난의 음성을 던졌던 여인을 찾았다.

그가 찾는 여인은 흑의청년의 뒤쪽에서 약간 왼쪽에 앉아 있었는데 열일곱이나 열여덟 정도의 나이에 꽤나 예쁜 외모였다.

송충이 같은 눈썹이 다시 꿈틀거렸다.

울고 싶은데 때리는 격이었다.

그러잖아도 십 년도 넘게 숨죽이며 살다가 이젠 어깨를 쫙 펴고 자신들 세력을 과시하고 싶은데 가만히 있어도 시비를 걸고 싶은 계집애가 오히려 먼저 시비를 걸어온 것이다.

그런데 애송이가 자꾸 시선을 가렸다.

"저리 비키라니까!"

송충이 눈썹이 고함을 치며 앞을 막은 흑의청년을 옆으로 밀쳤다.

그러나 흑의청년은 꼼짝도 않고 다시 입술을 움직였다.

"아까 한 말 다시 한 번 해주시오."

흑의청년의 목소리가 낮게 깔렸다.

"뭐, 이런……."

여인에게서 시선을 돌린 송충이 눈썹이 벌떡 일어섰다.

여인에게 시비를 거는 것은 둘째 문제고 우선 이놈부터 바닥에 눕혀야겠다는 생각이 들었다. 그럼으로 해서 사전에 공포 분위기도 적당히 조장하고…….

휘익—

송충이 눈썹이 냅다 주먹을 갈겼다.

퍼억—

그의 주먹에서 커다란 파육음이 터졌다.

그 정도라면 황소라도 쓰러져야 했다.

그런데 전혀 변한 것이 없었다.

손바닥으로 주먹을 받은 청년이 여전히 그 자리에 서서 똑같은 질문을 반복했다.

"부탁이오. 아까 했던 말, 다시 한 번 해주시오."

낮게 가라앉았던 청년의 음성이 조금 높아졌다.

세 번이나 반복하며 감정이 이는 것 같았다.

"이 새끼가!"

퍼억—

고함 소리와 파육음이 동시에 들리며 송충이 눈썹이 벽으로 날아가 처박혔다.

콰앙!

뒤이어 벽이 박살 나며 송충이 눈썹의 신형은 아예 주루 바깥으로 사라져 버렸다.

송충이 눈썹이 다시 주먹을 휘두르려는 순간, 흑의청년이 한 발 먼저 그의 어깨를 손바닥으로 가볍게 쳐 버린 것이다.

"어, 어!"

놀란 세 사내가 자신도 모르게 벌떡 일어섰다.

주먹을 피해 슬쩍 미는 것 같았는데 동료가 끈 떨어진 연처럼 날아가 벽까지 뚫고 사라진 것이다.

"난 지금 마음이 무척 급하오. 그러니 마지막으로 부탁드리오."

흑의청년이 네 번째로 같은 내용을 물었다.

그의 몸에서 차가운 기운이 한겨울의 새벽바람처럼 흘러나왔다.

"이런 개자식이!"

움찔하는 염소수염에 비해 다혈질인 털북숭이가 득달같이 도를 뽑았다.

쫘악―

흑의청년의 손이 한발 먼저 털북숭이의 어깨를 움켜쥐었다.

"부탁은… 끝났다. 아까 뭐라고 했지?"

우두둑!

도를 든 털북숭이의 오른쪽 어깨에서 뼈가 부러지는 소리가 흘러나왔다.

"으아악!"

털북숭이가 대답 대신 처절한 비명을 질렀다.

휘익―

획!

염소수염과 후덕한 인상의 사내가 득달같이 도를 휘둘렀다.

그러나 어느새 그들의 도는 청년의 손에 들려 있었다.

또한 그들의 팔목 역시 어느새 청년의 다른 손에 한꺼번에 잡혀 있었다.

"말하라!"

흑의청년이 차갑게 내뱉었다.

그의 눈에서 사방을 모두 얼릴 듯한 한기가 뻗어 나왔다.

"으으― 무, 무얼 말이오?"

염소수염이 신음과 함께 대꾸했다.

언제 도를 빼앗겼는지 전혀 느끼지 못했다.

또 어떻게 청년의 한 손에 자신과 동료의 팔목이 한꺼번에 잡혔는지 짐작도 가지 않았다.

하지만 청년이 손끝에 조금만 힘을 주면 비명을 지르며 바닥에 뒹굴고 있는 털북숭이의 어깨처럼 산산조각으로 부러질 것이라는 사실은 불을 보듯 환히 보였다.

청년의 손끝에서 전해지는 이질적인 기운은 밧줄로 온몸을 칭칭 감은 것처럼 느껴졌고 심장까지 옭죄고 있었다.

그 기운이 조금만 더 강하게 흘러 들어온다면 심장이 얼어붙거나 터져 버릴 것 같았다.

"아까 허창이 어떻게 되었다고 했지?"

청년이 조금 냉정을 찾았는지 다시 낮게 물었다.

"그, 그러니까……."

염소수염이 허창의 소식에 대해 자신이 아는 것들을 모두 토해냈다.

"크으윽―"

염소수염이 비명을 터뜨렸다.

불식간에 강해진 기운이 완맥을 통해 온 혈맥을 터뜨릴 것 같았기 때문이다.

청년이 두 사내의 손을 놓았다.

거미줄에 걸린 나방처럼 옴짝달싹못하던 두 사내가 비로소 몸을 움직이다 비틀거리며 바닥으로 주저앉았다.

혈맥으로 스며든 기운이 아직까지 그들을 속박하고 있었던 것이다.

사내들에게서 완전히 신경을 돌린 흑의청년은 자기 자리로 돌아가 앉았다. 그리고는 석상처럼 꼼짝도 않고 생각에 잠겼다.

아마도 허창의 소식이 심적으로 큰 충격을 준 모양이었다.

청년이 자리로 돌아간 사이 천랑보 놈들은 기다시피 해서 밖으로 달아났다.

'무서운 청년이다.'

여인과 마주 앉은 청년이 속으로 중얼거렸다.

그는 개봉 한복판에 자리잡은 오성상단(五星商團) 단주의 자제 채호영(蔡湖榮)이었다.

그리고 마주 앉은 여인은 그의 동생인 채영영(蔡英榮)이었다.

청년으로 인해 자신이 나서야 하는 귀찮은 상황은 무마되었다. 때문에 호감이 가야 했지만 경계심이 먼저 일었다.

청년의 손속은 그야말로 거침이 없고 비정했다.

물론 처음부터 그런 것은 아니었다.

무언가 절박함이 느껴졌지만 처음에는 정중히 부탁하며 물었다.

그때까지는 누구 못지않게 공명정대한 청년이었다.

그러나 천랑보의 멍청이들은 동생에게 현혹되어 청년을 무시했다.

그것도 두 번, 세 번 거듭해서…….

네 번째부터 청년은 완전히 달라져 그야말로 야차처럼 변했다.

어느 것이 본 모습인지 짐작이 가지 않았다.

어찌 보면 공명정대한 처음의 모습이 본 모습 같았고, 또 어찌 보면 야차 같은 나중의 모습이 본모습 같기도 했다.

어쨌든 천랑보의 멍청한 놈들 정도는 손가락 하나로도 죽여 버릴 수 있는 절정고수였다.

"누굴까요?"

청년의 비정한 손속에 두려움을 느낀 듯 채영영이 아까보다는 몇 배로 낮아진 목소리로 오빠에게 물었다.

처음부터 그렇게 조심했으면 놈들의 귀에도 들어가지 않았을 것이다.

"직접 물어보지그래?"

채호영이 제법 큰 목소리로 말했다.

채영영이 깜짝 놀라며 목을 움츠렸다.

그러든 말든 청년은 무섭게 자신 속으로 침잠해 있었다.

무언가 급박한 마음인 것 같았는데 오히려 더 침착한 모습에서 채호영은 흑의청년이 차가운 이성의 소유자임을 짐작했다.

잠시 후 채호영이 자리에서 일어섰다. 그리고는 흑의청년에게로 다가갔다.

자신의 마음에 드는 사람이면 두주불사도 마다하지 않는 그의 성격상 이런 기회를 놓칠 리 없었다.

"못 말려!"

사람 사귀기를 좋아하고 엉뚱한 짓을 잘하는 오빠의 이런 행동은 한두 번이 아니었기에 채영영은 한숨을 내쉬고는 고개를 저었다.

이윽고 그녀도 오빠를 따라 청년의 자리로 이동했다.

"내가 한 잔 따라도 되겠소?"

채호영이 흑의청년 이한성을 향해 말했다.

그의 눈에 진한 호기심이 어려 있었다.

"혼자 생각을 좀 하게 해주시오. 부탁이오."

이한성이 손을 들어 올리며 부탁했다.

부탁이란 말에 채영영이 긴장으로 침을 삼켰다.

정중한 부탁이 거절당하면 어떻게 변하는지 똑똑히 봤기 때문이다.

"알겠소."

채호영이 고개를 끄덕이며 혼자 잔을 비웠다.

이한성은 채호영 남매가 합석한 것도 의식하지 못한 듯한 표정으로 생각에 빠져들었다.

염소수염 사내의 말을 되새겨 보면 절대 헛소문 같지 않았다.

그렇다면 사진용과 사진혜도 당했다는 말이다.

사진용과 사진혜는 결코 하수가 아니다.

음풍장에서 수련할 때 여러 번 비무를 해보아 누구보다 잘 안다.

내력이나 무공의 깊이에 있어서는 자신에 비교할 수 없지만 살수 특유의 검을 익혀 누구보다 날카롭고 치명적인 검을 가지고 있다.

장현방이 그런 두 사람을 한꺼번에 꺾을 수 있다고는 생각지 않았다.

만약 장현방 놈들이 쳐들어와도 진성무관 관도들과 함께 사진용 한 사람만 가세하면 그들은 추풍낙엽이 되리라 생각했다. 그래서 떠날 수 있었다.

그런데도 진성무관이 쓰러졌다면 장현방에 숨겨놓은 고수가 있었다든지, 아니면 누군가 새로운 고수가 개입되었다는 말이다.

'그렇다면 천 의원은?

이한성의 마음이 더욱 급해졌다.

장현방 놈들은 천호연이라고 해서 특별 대접을 해주진 않을 것이다.

주루에서도 진성무관의 청년들과 함께 팔을 자르려고 했던 놈들이다.

'너무 안일하게 생각했다.'

이한성은 자책으로 가슴이 무너지는 느낌이었다.

만약 천호연이 잘못되면 하수린의 절맥 치료도 허사가 된다.

그건 그동안의 모든 것이 와르르 무너지는 것이나 마찬가지다.

“점소이!”

이한성이 점소이를 불렀다.

이한성의 거침없는 손속을 본 점소이가 잔뜩 굳은 얼굴로 주춤거리며 다가왔다.

“지필묵이 필요한데…….”

이한성은 점소이의 손바닥에 동전 몇 개를 떨어뜨렸다.

잔뜩 겁먹은 표정을 하던 점소이가 활짝 웃으며 달려가서는 금방 종이와 먹을 잔뜩 찍은 붓을 가져왔다.

종이에 몇 줄 휘갈겨 적은 이한성은 자리를 박차고 일어섰다.

채호영 남매도 놀란 표정과 함께 자리에서 일어났다.

“노형의 술은 다음에 얻어 마시겠소.”

종이를 품에 갈무리한 이한성이 빠르게 주루를 빠져나갔다.

“이런!”

채호영이 어이없는 표정을 하다가 무언가 결심한 듯 얼른 이한성을 따랐다.

“오라버니!”

채영영이 황당한 얼굴로 채호영을 불렀지만 그는 이미 주루 밖으로 나간 상태였다.

휘익―

주루 문을 나서자마자 이한성은 몸을 날렸다.

순식간에 이한성의 신형이 까마득히 멀어졌다.

"내 술 떼어먹고 그렇게는 안 되지."

채호영은 오기가 돋는 표정과 함께 주루 밖에 매어둔 말안장 위로 몸을 날렸다.

"어딜 가세요, 오라버니!"

채영영도 고함을 지르며 말안장 위로 몸을 날렸다.

땡그랑―

동냥그릇이 울리는 경쾌한 소리에 청우개(靑牛丐)는 적이 짜증스런 기분으로 잠에서 깨어났다.

가을 햇살이 너무 좋은 이런 날, 또 이런 맛 좋은 낮잠을 즐기고 있을 때는 동냥도 귀찮았다. 동냥 받은 동전 한 닢으로 만두 한 개를 사 먹는 것보다 가을 햇살을 받으며 혼곤한 오수를 즐기는 것이 훨씬 몸에 이로웠다.

하지만 개방도가 적선한 사람에게 인상을 쓰다가는 모두 굶어죽게 될 것이다.

그건 그야말로 죄악이고 단근참맥과 함께 파면감이다.

"자손 대대로 복 많이 받으십시오."

청우개는 익숙한 동작과 함께 고함을 지르며 실눈으로 동냥그릇 속을 훑었다.

잠결이었지만 동냥그릇을 울리는 소리가 동전이 아닌 것 같았기 때문이다.

‘엇!’

동냥그릇에서 반짝이는 찬란한 황금빛에 청우개는 부리나케 몸을 일으켰다.

개방 장로 이상의 신분이나 이용하는 지급전이었다.

지급전을 소유한 사람의 말이나 부탁은 이유를 막론하고 바람처럼 행해야 한다.

“뭘 전할깝쇼?”

청우개가 이한성을 쳐다보며 물었다.

이한성은 품속에서 서찰 한 통을 꺼내 청우개에게 내밀었다.

“거기 적힌 대로 최대한 빨리 전하시오.”

이한성이 짤막하게 말했다.

“알겠습니다.”

홍면신개의 말대로 청우개는 묻지도 따지지도 않고 바람처럼 사라졌다.

“개방도였소?”

숨을 헐떡거리며 말을 몰아 달려온 채호영이 말에서 뛰어내린 후 이한성의 아래위를 훑어보며 물었다.

이한성은 잠시 황당한 눈으로 채호영을 쳐다보았다.

느닷없이 나타나 술을 권하더니 이젠 이곳까지 따라왔다.

생긴 건 멀쩡한데 하는 짓은 이해가 되지 않았다.

“오라버니! 헥! 헥!”

채영영도 뒤늦게 말을 몰아 달려오며 가쁜 숨을 몰아쉬었다.

"대체 이게 무슨 짓이에요, 오라버니? 고모님 댁은 어쩌고!"

채영영이 찢어져라 고함을 질렀다.

아마도 고모님 댁에 용무가 있는 모양이었다.

"고모님 댁은 너 혼자 가거라. 가서 나도 곧 간다고 전해라."

"오라버니는 뭘 하게요?"

채영영이 기가 막힌 표정을 했다.

이렇게 발동이 걸리면 무슨 짓을 할지 몰랐다.

예전에도 이렇게 사라져 한 달 만에 들어온 적도 있었다.

그동안 집안이 발칵 뒤집히며 난리가 났었다.

다행히 한 달 후에는 무사히 돌아왔고 노발대발한 아버지께서 그렇게 사라진 이유를 물었더니 친구 따라 강남 간다는 말이 어떤 건지 체험하기 위해서라고 했다.

그 일로 어머니의 수명이 일 년은 짧아진 것 같았다.

이젠 절대로 그렇게 하도록 내버려 둘 수 없었다.

"난 이 공자와 함께… 어? 어디 갔지?"

채호영이 눈을 크게 떴다.

이한성이 다시 저만치 사라지고 있었기 때문이다.

"넌 내 말까지 몰고 어서 고모님 댁으로 가서 전해라, 난 나중에 간다고!"

채호영이 이젠 아예 말고삐를 채영영에게 건네 주고 경공을 펼쳤다.

"싫어요!"

고함을 지른 채영영이 이번에는 지옥까지도 따라 가겠다는 표정으로 말을 몰았다.

쉬익—

"엇!"

갑자기 날아든 검에 채호영이 경호성을 토했다.

담장 모퉁이를 도는 순간 다가든 검은 어느새 목덜미에 닿아 있었다.

검의 주인은 이한성이었다.

다짜고짜 따라오는 채호영에게 더 이상 참지 못하고 마침내 검을 들이댄 것이다.

술을 권하고 호의를 드러낸 사람이라 악인은 아닌 것 같았지만 계속 이렇게 따라오도록 방치할 수는 없었다.

채호영은 두 눈을 부릅뜨고 목에 닿은 검과, 검의 주인인 이한성을 번갈아 쳐다보았다.

담장 뒤에 기다리고 있다는 기척은 전혀 느끼지 못했다. 하지만 다가오는 검은 분명 보았다.

강도가 길가는 행인에게 겨누듯 천천히 들이미는 검이었

다. 그런데도 전혀 방비를 할 수가 없었다.

이상하게도 멀뚱히 쳐다보며 검인에 목을 내주고 말았다.

채호영은 멀뚱히 눈을 뜨고 자신의 목에 닿아 있는 검을 쳐다보았다.

어떻게 이렇게 속수무책으로 목을 내맡겼는지 전혀 납득이 가지 않았다.

존재하지만 의식하지 못하는 바람 같은 접근이었다.

그것이 가능하려면 손에 든 검에 한 점의 기운도 흘러들지 않게 해야 한다.

무공을 전혀 모르는 삼척동자라도 검을 들어 올리면 그 검에 기운이 들어간다.

하물며 극강한 내력을 소유한 고수라면 손에 쥔 검으로 벼락을 일으킬 정도의 기운을 스며들게 한다.

그러나 그것은 차라리 쉬워도 반대로 한 점의 기운도 스며들지 않게 하는 것은 극히 어렵다.

지금 자신의 목덜미에 닿아 있는 검은 의식하지 못한 사이 온몸을 감싼 바람처럼 무심했다.

그것은 이한성이 음풍장에서 사부 한조산에게 가르침을 받는 때때로 은영각주 우무상에게서도 배운 절심검(切心劍)의 검초를 응용한 수법이었다.

살수가 벼르고 벼른 기회에서 검을 휘두를 때 검에서 고막을 진동시킬 만한 바람 소리가 새어 나오면 아무도 당하지 않을 것이다.

그런고로 살수의 검은 상대의 심장을 관통하는 순간까지 아무런 기척이 없어야 한다.

바람 소리는 물론, 살기 한 줄기도 새어 나오지 않아야 한다.

그렇게 고안된 것이 무음검(無音劍)에서 절심검으로 발전한 것이다.

처음에는 바람 소리 한 점 나지 않게 휘두르는 무음검의 수련부터 한다.

그것으로도 웬만한 고수에게는 통한다.

하지만 절정고수는 검에서 나는 소리보다는 기운을 읽고 대처한다.

그 기운마저 새어 나오지 않게 하는 것은 검을 휘두르는 살수의 마음마저 철저히 비우고 오른손이 휘두르는 검을 왼손이 알지 못할 정도가 되어야 한다.

그렇게 하면 살기 한 점 새어 나오지 않고 검을 휘두를 수 있는 것이다.

이한성은 전문 살수가 아니었기에 아직 초보 수준이었지만 채호영 정도의 무인에게는 충분히 통했다.

그것을 알 리 없는 채호영은 귀신에 홀린 기분으로 다시 검을 내려다보았다.

우우웅―

비로소 검에 기운이 어리기 시작했다.

검인에서 뻗어 나오는 싸늘한 기운이 금방이라도 목을 자를 듯했다.

채호영의 이마에서 한 줄기 땀방울이 흘렀다.

"오, 오라버니!"

뒤따라 말을 달려온 채영영이 급히 말을 멈추며 고함을 질렀다.

순식간에 그녀의 얼굴이 파랗게 질렸다.

맨손으로도 천랑보 놈들 한 명을 벽을 뚫고 튀어나가게 만든 사람이었다.

그런 사람이 검을 빼 들고 오빠의 목을 겨누고 있으니 등줄기로 얼음물이 흘러내리는 기분이었다.

채영영은 얼른 말에서 내려 두 사람에게로 다가갔다.

최악의 경우 자신도 검을 뽑아 오빠를 도울 생각이었다.

"왜 자꾸 따라오는 것이오?"

채호영의 목에 검을 댄 이한성은 조용히 물었다.

감정이 철저히 배제된 음성이기에 더욱 살벌했다.

"그, 그냥⋯⋯. 그보다 이 검부터 좀 치우시오."

채호영이 인상을 찌푸리며 손끝으로 검을 밀었다.

그러나 이한성은 여전히 검을 치우지 않았다.

"아까 들었는지 모르겠지만 난 지금 마음이 무척 급박하오. 그래서 다른 사람들과 어울리거나 술래잡기를 할 여유가 없소."

이한성이 여전히 억양없는 음성으로 말했다.

"그건 들었소. 하지만 바쁠수록 돌아가라는 말도 있지요."

이젠 조금 진정이 되었는지 채호영이 여유를 가지고 말했다.

"그건 내 사정이지 당신이 상관할 일이 아니오."

이한성이 대꾸했다.

"입담도 검만큼 날카롭구려. 어쨌든 이 검 좀 치우시오."

이한성이 검을 치우지 않자 채호영은 뒤로 한 발 물러나며 검을 치운 결과를 만들었다.

"아까 형장이 아니었으면 우리가 귀찮은 일을 당할 뻔했지요. 그런데 그 감사의 말을 할 틈도 주지 않으니 이렇게 따라올 수밖에 없지 않겠소."

채호영은 이유를 갖다 붙였다.

"별로 설득력이 없는 것 같소."

채호영 입장에서는 그 말이 맞는지 몰라도 이한성은 채호영 남매와는 상관없이 자신의 목적을 위해 움직인 것뿐이다.

"형장은 상관없을지 몰라도 분명 우리는 형장의 덕을 보았소. 그러니 감사의 말이라도 한마디 할 기회를 주어야 하지 않겠소?"

그런 이유도 있었지만 더 정확한 이유는 범상해 보이지 않는 이한성에 대한 큰 호기심 때문이었다. 그래서 조금이나마 더 이야기를 나누고 싶어 무작정 따라온 것이다.

"알겠소. 감사의 뜻은 받겠소. 그러니 이젠 그만 가던 길을 가시오."

이한성은 고개를 끄덕인 후 등을 돌렸다.

"혹시 말이 필요하지 않으시오?"

채호영이 불쑥 말했다.

'말?'

이한성은 걸음을 멈추었다.

그러잖아도 마차를 한 대 구했으면 싶었다.

줄곧 경공을 펼쳐 허창까지 갈 수는 없었다. 그곳으로 가는 마차를 얻어 타거나 아예 한 대 빌려서 달려가고 싶었지만 그만한 돈이 없었다.

음풍장을 떠나올 때 사철해로부터 제법 큰 노잣돈을 받았지만 그것은 사진혜가 모두 챙겨 자신과 사진용에게는 그때그때 쓸 만큼만 나누어주었다.

"형장의 행동을 보아하니 급히 먼 곳으로 가야 할 것 같은데 그러려면 말이 필요하지 않겠소?"

채호영이 덧붙였다.

"뜻은 고맙지만 말은 한 번도 타보지 않았소."

이한성이 다시 걸음을 옮겼다.

"내가 가르쳐 드리겠소. 고수인 것 같으니 일각이면 배울 수 있을 것이오. 그리고 숙달하는 것은 달리면서 하면 되오.

그리고 말은 차후에 돌려주면 되고……. 그 정도는 해야 내 마음이 홀가분할 것 같소."

채호영은 이한성의 대답도 듣지 않고 동생 채영영이 끌고 온 자신의 말고삐를 막무가내로 이한성에게 쥐어주었다. 그리고 자신은 동생 채영영의 말고삐를 잡았다.

"탈 때는 이렇게 타고, 탄 후에는 이렇게 상체를 세우고 중심을 잡으시오."

채호영은 동생의 말에 오르며 시범을 보여주었다.

이한성은 잠시 갈등했다.

흡사 낮도깨비 같은 이 청년의 도움을 받아야 할지 말아야 할지 판단이 서지 않았다.

하지만 말은 꼭 필요했다.

이한성은 입맛을 다셨다.

정체가 뭔지 궁금했지만 상대가 처한 상황을 정확이 파악하고 거절하기 힘든 제안을 하는 청년의 심기는 높이 사줄 만했다.

휘익―

이한성은 채호영이 하는 동작을 흉내 내며 말에 올랐다.

청년이 어떤 목적으로 접근하는지 몰라도 그것은 나중에 생각할 일이었다.

"아주 좋소. 역시 고수는 다르오. 이젠 천천히 달려보겠소. 다리에 힘을 주고 엉덩이는 약간 들며 말의 움직임에 최대한 몸을 일치시키시오."

찬사를 터뜨린 채호영은 고삐를 잡고 등을 세웠다.

휘익—

채호영이 말고삐를 흔들자 말이 천천히 앞으로 나아갔다.

이한성도 같은 자세를 잡고 고삐를 흔들었다.

"넌 잠시 저곳 주루에 가서 기다려라. 반 시진 안에 돌아오겠다. 약속하마."

채호영이 채영영을 향해 차분하게 말했다.

"싫어요. 따라가겠어요."

채영영이 고함과 함께 채호영 뒤에 올라탔다.

채호영이 잠시 난감한 표정을 지었지만 고집을 꺾을 동생이 아닌 것을 알기에 그대로 고삐를 당겼다.

"자, 이젠 좀 더 빨리 달리겠소. 말의 움직임에 자신의 몸을 자연스럽게 일치시키면 금방 익숙해질 거요."

채호영이 속도를 높였고 이한성도 같이 속도를 높였다.

따가닥따가닥!

잠시 후, 이한성을 태운 말이 질풍처럼 멀어져 갔다.

채호영에게 승마를 배운 일각 후의 일이었다.

"그리고… 바쁠수록 돌아가라는, 아까 내가 한 말 잊지 마시오!"

채호영은 멀어져 가는 이한성의 등을 향해 고함을 질렀다.

"놀라운 적응력이야. 역시 고수다워."

바람처럼 멀어지는 이한성을 지켜보며 채호영이 감탄사를 터뜨렸다.

그의 말대로 이한성은 말에 올라 몇 걸음 가기 전에 중심을 완전히 잡았고 속도를 내기 시작했다. 그리고 말을 모는 몇 가지 중요한 사항을 숙지한 후 최고의 속도로 사라진 것이다.

일각 만에 배운 승마술치고는 혀를 내두를 만한 수준이었다.

서로 통성명을 하고 인사를 나눈 시간을 빼면 일각도 한참 모자라는 시간이었다.

"대체 무슨 낮도깨비 같은 짓이에요?"

아직도 혼비백산한 표정의 채영영이 도끼눈을 하며 물었다.

아까 이한성의 검이 오빠의 목에 닿아 있는 것을 보았을 때는 정말 모골이 송연한 기분이었다.

"아버지께서 누누이 강조하신 장사의 기본이 뭐였지?"

여전히 이한성이 사라진 방향에 시선을 고정시킨 채호영이 되물었다.

"지금 그 말이 왜 나와요?"

채영영이 뾰족하게 대꾸했다.

"돈을 보지 말고 사람을 보아라였지?"

채영영이 태도와는 상관없이 채호영이 말을 이었다.

“그 말씀은 곧 돈에 투자하지 말고 사람에 투자하란 뜻이
지.”

비로소 고개를 돌린 채호영이 빙긋 웃었다.

“아까 그 친구가 누구에게 원한을 품으면 어떨 것 같았어?”

채호영이 물었다.

“최소한 몇 배는 불려서 돌려줄 걸요.”

채영영이 대꾸를 하지 않자 채호영이 자답했다.

“그런 사람은 빚도 그렇게 갚지. 아니, 빚은 훨씬 더 크게
불려서 갚을 거야. 후후!”

채호영이 의미심장한 웃음을 흘렸다.

“그 사람에게 투자를 했단 말인가요?”

채영영이 조금 누그러진 목소리로 물었다.

“이런 어수선한 시절엔 그런 사람을 알아두는 것은 필수
지. 집을 알려주었으니 그 친구 성격상 일이 끝나면 기필코
말을 돌려주러 올걸.”

채호영이 싱긋 웃었다.

“언제 올지 모르겠지만 그때를 대비해서 얼른 고모 집에
다녀오자고. 하하!”

채호영이 훌쩍 말에 올랐다.

“어쨌든 난 간 떨어질 뻔했어요.”

채영영이 다시 목소리를 높이며 채호영의 뒤에 올라탔다.

第四十九章
폭풍전야(暴風前夜)

‘으음!’

여인의 맥을 잡은 천호연은 침음성을 삼켰다.

절대로 쉽게 소생시킬 수 있는 병이 아니었다.

폐부가 거의 썩어 문드러져 지금까지 살아 있는 것도 기적
이었다.

이른바 중증 폐병이었다.

이 정도로 병이 악화되려면 환자의 고통은 말할 것도 없거
니와 옆에서 지켜보는 사람들도 진저리를 쳤을 것이다.

중증 폐병은 내장을 다 토해낼 듯 기침을 한다.

그때의 기침 소리는 듣는 사람으로 하여금 소름이 끼치도

록 만든다.

이 정도로 악화된 환자를 데리고 오면 데리고 온 사람들에게 한 시진은 호통을 친다.

그러나 지금은 그럴 상황이 아니다.

자신은 물론, 진성무관 식솔들의 운명이 오로지 이 여인에게 달려 있다.

진성무관이 장현방 놈들의 손에 완전히 함락되었을 때는 모두 죽은 목숨인 줄 알았다.

장현방은 흑도방파이기에 그러고도 남을 놈들이었다.

그러나 놈들의 그런 마수를 차단한 사람은 오히려 그들의 선봉에 서서 사진용 남매를 쓰러뜨린 생사혈검이란 사내였다.

그는 장현방 놈들과는 차원이 다른 고수였다. 그래서 이한성과 같이 온 남매도 당해낼 수 없었다.

그렇게 진성무관을 쓰러뜨리는 데 가장 큰 역할을 한 그는 이후 모든 약탈행위를 차단시키고 한 여인을 안고 와 자신 앞에 내려놓았다.

그리고는 그 여인의 치료를 요구했다.

장현방 놈들이 하는 것 같은 강압이 아니었다.

산동제일의라는 명성에 걸맞은 대접을 해주며 간절히 부탁했다.

천호연은 그 순간 빠르게 상황을 가늠했다.

생사혈검이라는 사내는 장현방주도 함부로 대할 수 없는 고수였다.

아마도 놈들이 초빙한 고수 같았다.

또한 그는 절대로 흑도인은 아니었다.

그리고 현재 그의 지상 목적은 자신의 동생을 살리는 것이다.

그것을 위해 장현방의 앞잡이도 마다하지 않은 만큼 차후로도 그럴 것이다.

그것을 최대한 이용해 이한성이 올 때까지 시간을 벌어야 한다.

그런 판단을 한 천호연은 진성무관 식솔들의 안전을 보장하지 않으면 약을 쓰기는커녕 진맥조차 하지 않겠다고 했다.

잠시 침묵을 지켰던 생사혈검은 고개를 끄덕였고 장현방 수뇌부의 반대를 묵살하고 진성무관 모든 식솔을 천호연이 있는 후원 별채로 데려왔다.

단, 사진용 남매는 혈을 점한 후 별채 창고에 가두었다.

그만큼 위험했기 때문이었다.

사진용 남매의 안전까지 확인한 후 천호연은 여인의 상태를 진맥했다.

그리고는 곧 표정이 굳어졌다.

이 정도면 어떤 약도 쓸 수 없었다.

병은 더 이상 깊어질 수 없을 만큼 깊어졌고 체력은 바닥으로 떨어졌다.

이런 상태에서 약은 곧 독이다.

잘 타고 있는 장작불에 부채질을 하면 더 잘 타오르겠지만 거의 꺼져 가는 한 가닥 불길에 부채질을 가하면 그대로 꺼져 버린다.

여인의 상태는 꺼지기 직전의 작은 불길과 같았다.

이런 상태에서는 조금이라도 자극을 주면 꺼져 버릴 수도 있었다.

유일하게 할 수 있는 진료는 침술뿐이었다.

그것 역시도 위험했지만 다른 것은 모두 독이 될 뿐이었다.

천호연은 여인의 몸 곳곳에 침을 꽂았다.

애초의 목적은 여인을 치료하며 이한성이 돌아올 때까지 시간을 벌 생각이었지만 환자를 대하자 의원 본연의 자세가 되어 여인의 병을 치료하는 데 전력을 다 쏟고 있었다.

그런 천호연의 태도에 오필만은 깊은 눈으로 천호연을 쳐다보고 있었다.

"어떻소, 차도가 좀 있는 것이오?"

오필만이 걱정스런 표정으로 물었다.

"사람을 이 지경으로 방치해 놓고……. 당신은 그런 질문을 할 자격도 없소."

천호연이 목소리를 높였다.

"미안하오."

오필만이 긴 한숨을 내쉬며 고개를 떨어뜨렸다.

대적하는 무인들 앞에서는 피를 부르는 생사혈검일지 몰라도 죽어가는 동생과, 동생을 치료하는 의원 앞에서는 필부에 불과했다.

"제발 살려주시오. 필요하다면 뭐든지 다 구해오겠소."

오필만은 다시 간절한 목소리로 말했다.

이런 사람이 가는 곳마다 피를 불러일으켜 생사혈검이란 별호를 얻었다는 것이 믿어지지 않을 정도였다.

"그래서 저놈들이 던진 미끼를 덥석 문 것이오?"

천호연은 작심한 듯 불쑥 말했다.

그동안 느낀 오필만은 검을 든 자들 앞에서는 냉혹하기 그지없었지만 여자들이나 무공을 모르는 사람들은 소가 닭 보듯 하며 아무른 해코지를 하지 않았다.

천호연의 비난에 오필만은 아무런 답을 하지 못했다.

"처음부터 날 찾았으면 이런 한심한 짓은 하지 않아도 되지 않았소."

천호연이 타이르듯 말했다.

나이로 따지면 그가 오필만보다는 열 살도 더 들었다.

"그럴 여유가 없었소."

오필만이 무거운 음성으로 답했다.

"당신이 잘 쓰는 검으로 아무 목에나 대고 의원을 찾았으면 내게로 끈이 닿을 수도 있었을 것이오."

천호연의 목소리가 높아졌다.

장현방에 검을 빌려주는 결단으로 그렇게 했더라면 이런 짓은 벌이지 않아도 되었다.

"그럴 수도 있었겠지요. 그래도 결국은 이렇게 될 일이었소."

오필만이 가라앉는 목소리로 말했다.

"결국 이렇게 되다니, 그게 무슨 말이오?"

천호연이 눈 사이를 좁히며 물었다.

"돈이 없었으니까."

오필만은 차가운 눈으로 천호연을 쳐다본 후 말을 이었다.

"어떻게 해서 당신에게 연결되었다 하더라도 돈이 없으니 결국은 당신 목에 검을 들이대며 동생을 살려내라고 윽박질렀겠지. 며칠만 더 지냈으면 그랬을지도 몰랐는데……. 장현방 놈들이 선수를 쳐서 나를 대신한 것뿐이오."

오필만은 더 이상 그런 대화를 않겠다는 듯 차가운 음성으로 내뱉은 후 입을 굳게 다물었다.

'돈이 없었다…….'

천호연은 긴 한숨을 내쉬었다.

어쩌면 그의 말이 맞았다.

자신 앞에 누워 있는 이 여인은 하루 이틀이나, 한두 푼의 돈으로 치료가 가능한 사람이 아니었다.

최소한 반년은 지속적이고 전폭적인 치료를 하여야 한다.

운이 좋아 조금 회복된다 해도 워낙 중증이라 완치를 하려면 값비싼 영약도 필요할 것이다.

오필만은 냉철한 승부사답게 그런 판단을 한 것이다.

"차라리 그랬다면 변명의 여지나 있었을 것을……."

천호연은 안타까운 마음에 혼잣소리처럼 말했다.

그랬다면 정상참작이라도 할 테지만 일이 이렇게 된 이상 오필만은 앞으로 혹도인으로 낙인찍힐 것이다.

아니, 그게 중요한 것이 아니었다.

이한성이 들이닥치면 오필만과는 생사지투을 벌일 것이다. 그리고 두 사람 중 한 사람은 죽어야 결말이 날 일이었다.

며칠 겪어본 이한성의 성격상 적당한 선에서 끝내려 하지 않을 것이다.

"그 변명은 내 검이 대신할 것이오."

변명이란 말은 이한성을 염두에 두고 했다는 것을 알아챈 오필만의 두 눈에서 번쩍 광망이 뻗어 나왔다.

"당신이나 내가 기다리는 사람이 온 모양이오."

오필만이 옆에 세워둔 검을 손에 들었다.

천호연으로서는 아무것도 듣지 못했지만 오필만은 무언가 들은 모양이었다.

"오다니? 그럼……."

천호연은 이한성이 왔다는 것을 직감하며 벌떡 몸을 일으켰다.

스릉—

반쯤 뽑힌 오필만의 검이 천호연의 목덜미에 닿았다.

"당신은 바깥의 일에 신경 쓰지 말고 당신 일에나 몰두하시오. 그리고 혹시 내가 죽거든 적선하는 마음으로 내 동생을 고통 없이 죽여 내 옆에 묻어주시오."

오필만은 검을 도로 집어넣은 채 천천히 방문을 나섰다.

『무정철협』 5권에 계속…

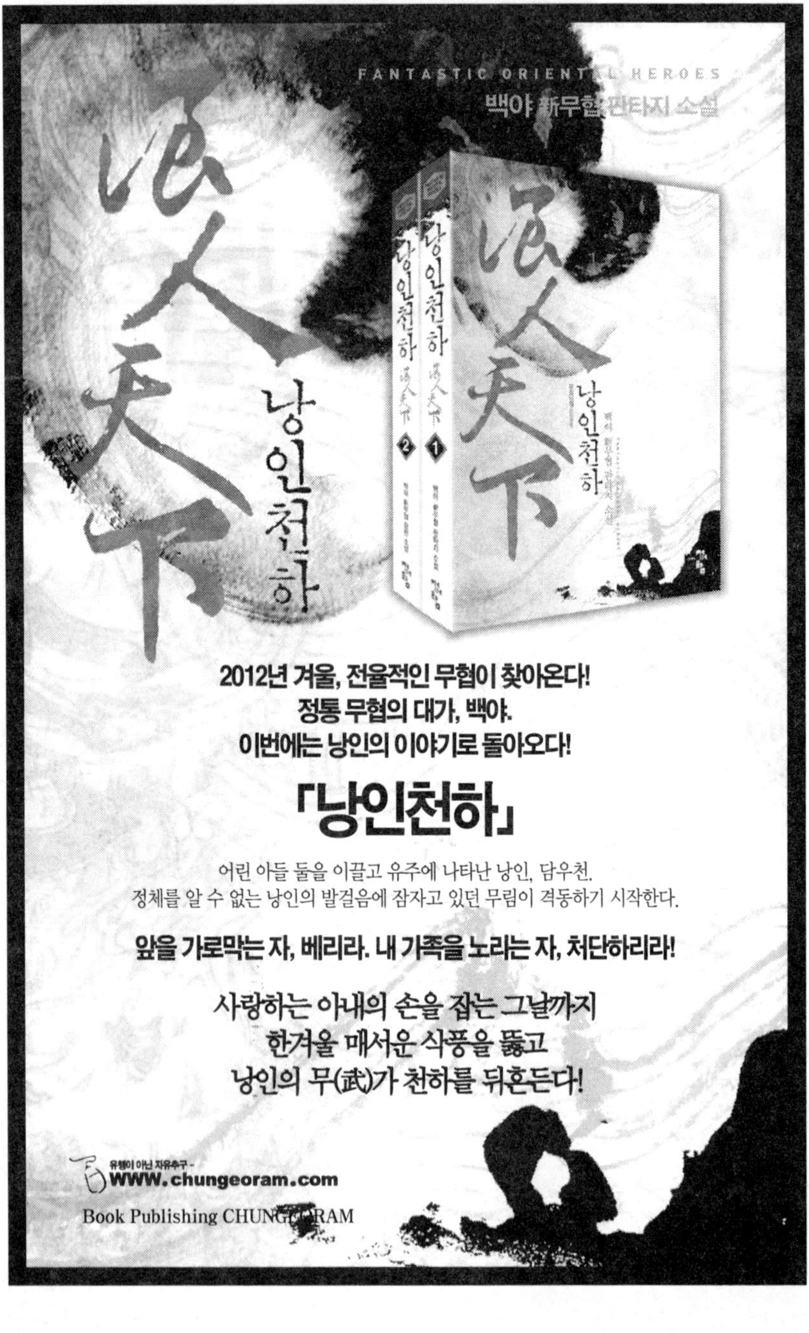

THE TOWER OF BABEL

바벨의 탑

FANTASY FRONTIER SPIRIT

푸른 하늘 장편 소설

「현중 귀환록」 작가의 놀라운 귀환!
새시대를 열 강렬한 현대물이 등장하다!

극서의 사막을 헤메다 만난 버려진 기지.
그를 기다리던 것은… 차원을 넘는 게이트!

「바벨의 탑」

하늘에 닿기 위해 건설되었다가 신의 노여움을 사 무너진 바벨의 탑.
그 정체는 차원을 넘나드는 게이트였으니.

바벨의 탑의 유일한 주인이 된 진운!
그의 앞에 열리는 새로운 세상, 삶, 운명!

억압하는 모든 것을 부수고 나아가는
한 남자의 장렬한 이야기가 시작된다!

원생 新무협 판타지 소설
FANTASTIC ORIENTAL HEROES
낭왕 귀도

쑥호극이降臨
권왕강림!
FUSION FANTASTIC STORY
무명서생 장편 소설

생존록

홍준성 퓨전 판타지 소설

FUSION FANTASTIC STORY

대한민국 평범한 청년 정우성.
어느날 합숙을 가러 집을 나섰는데,

휘이이잉-

"이, 이게 무슨……?"

눈앞에 펼쳐진 설원,
설원을 지나니 이번엔 밀림이?

보랏빛 행성이 하늘에 떠 있고 나무가 살아 움직인다.

"살아남아 반드시 지구로 돌아가리라!"

베인의 이계 생존록.
살아남기 위한 그의 처절한 노력이 시작된다.

Book Publishing CHUNGEORAM

유행이 아닌 자유추구 -
WWW.chungeoram.com